ミステリー傑作集

三毛猫ホームズの夏

赤川次郎

KOBUNSHA

光 文 社

目次

三毛猫ホームズのバカンス

プロローグ

クーラーが、低い唸《うな》りを立てている。

窓の外は、レースのカーテン越しに、緑をまとった山の連なりが見えている。真夏の午後の陽射しは、物憂《う》く、ガラスの外に熱気となって揺らいでいた。

二人の子供たちは、ベッドで昼寝をしていた。この海辺のホテルにやって来てからの五日間、途中一日だけ、雲が出て、にわか雨が走った以外は、夏らしい上天気で、プールに海に、駆け回り、泳ぎまくった子供たちは、真っ黒に陽焼けしていた。

もう明日の朝には東京へ帰るというので、今日も朝からプールに入りっ放しで、さすがに二人とも疲れたらしい。昼食の後、少し寝かせてみると、五分もたたないうちに眠り込んでしまったのだ。

上の子が十歳の進也《しんや》、下が八歳の幸代《ゆきよ》であった。

「なんだ、眠ったのか」

ゆっくり昼食を済ませて部屋へ戻って来た平尾慎吾《ひらおしんご》は、ベッドを見て、言った。

「ええ。疲れていたみたい」

早苗《さなえ》は、自分もついウトウトしかけていたので、あわてて頭を振った。「あなたも少し昼寝なさったら?」

「いや、そんな呑気《のんき》なことはしておられん」

平尾は、部屋の洋服掛けの戸棚を開けると、中から夏用のスーツを取り出した。

「お出かけ?」

「ああ。せっかくここまで来たんだ。大畑《おおはた》さんにご挨拶《あいさつ》していかなくちゃな。後で、もしここへ来ていたことが知れるとうるさい。『どうして顔も出さなかった!』ってな」

平尾は半袖のワイシャツにスーツを着込み、「これも商売だ。——帰りは遅くなるかもしれん」

「はい」

「夕食も済ませて来る。勝手に寝ていてくれ」

「分かりました」

早苗は、つけっ放しのテレビの画面に見入りながら答えた。

「——じゃ、行って来る」

「行ってらっしゃい」

早苗は立ち上がって、部屋のドアの所で夫を見送った。

深い赤のカーペットを踏んで、夫がエレベーターのほうへ歩いて行く。

早苗は、ドアから半分体を外へ出して、夫の姿が消えても、そのまま、人の気配の絶えた廊下を眺《なが》めている。

そろそろ、午後二時になる。今日帰る客は、午前十一時までにチェックアウトしているし、今日やって来る客は、三時のチェックインにならないとやって来ない。

部屋の掃除も、ほぼ昼過ぎには終わって、今、ホテルは一種、空白の時を迎えていた。

早苗は中へ入ると、ドアを閉じた。

この海辺のホテルに、早苗は平尾とともに、もう十年以上にわたって、毎年やって来ている。医者である夫、平尾は、いつも同じ月、同じ日に、ここへやって来て一週間を過ごすことにしていた。いかにも几帳面《きちょうめん》な性格の平尾らしいやり方だ。

もっとも、こういったリゾートホテルは、平尾たちのような常連の客が少なくない。毎年、決まってここで顔を合わせる家族も何組かあって、お互い、相手の子供が一年一年、着実に成長しているのを見るのが楽しみになっていた。

早苗は、テレビを消して、二人の子供たちを眺めた。二人とも、夫によく似ていた。

時々、早苗は、この家の中で、どこに自分がいるのだろう、と考えて不安になることがある。

平尾は、今年もう五十一歳になる。早苗は三十六。十五歳違いの夫婦だった。

それだけに、平尾はもう、結婚した時点ですでに他人の入り込む余地のない、自分の生活パターンをつくり上げていて、早苗はただ時々、夫の気が向いたとき、その仲間に加わらせてもらえる、という感じだった。

開業医としては、かなり成功し、生活に不安はない。病院の仕事は看護婦のほかに事務員も雇ってやらせていたし、掃除や洗濯は、通いのお手伝いがやってくれる。早苗は専《もっぱ》ら子供のために時間を費やした。

だが、子供が小さいうちはともかく、もう、下の幸代がすでに小学校の二年生で、遊びにしても何にしても、親を必要としなくなっている。いや、むしろ親を邪魔にし始めている。

そうなると、早苗は、自分がなぜ平尾家にいるのか、もし今日突然に自分がいなくなっても、誰《だれ》も困らないのではないか、という気がして来たのである。

馬鹿なことを、と自分を笑ってみるのだが、その不安は大きくこそなれ、消えることはなかった。

早苗は、ベランダへ出るガラス戸越しに、外を見ていた。ここからは、ホテルの前庭を抜けて外へ出る道が見下ろせる。

夫のベンツが、いつもどおりの正確無比の運転で出ていくのが、目に映った。

早苗は両手で顔を覆《おお》った。――鼓動が速まり、不安に追いまくられるように、部屋の中を歩き回った。子供たちはぐっすり眠り込んで、およそ目を覚ましそうな気配はない。

早苗は激しく頭を振った。そんなことはできない！　とんでもないことだ。

だが――一年。今日のこの機会を逃せば、一年間、会うことはないのだ。そして、たとえ来年、再来年、会ったとしても、こんな機会が来るとは限らないのである。

自分でも、ほとんど気付かぬままに、早苗は部屋を出ていた。ドアを閉めようとして、ドアが自動ロックなのに気付き、あわてて鍵を取りに戻った。

額《ひたい》に噴き出した汗を拭《ぬぐ》って、廊下へ出る。そのドアまで、ほんの十メートルほどの距離しかなかった。早苗はためらわず、一気にその十メートルを駆け抜けて、ドアをノックした。

「――はい」

と返事があって、覗《のぞ》き窓からこっちを見ている気配。ドアはすぐに開いた。

「奥さん。――何ですか？」

若々しい笑顔がそこにあった。年齢は夫の半分近く、早苗に比べても、十歳も若い。逞《たくま》しく陽焼けしたその青年は、中根紘一《なかねこういち》といった。両親や姉夫婦と一緒に、やはり毎年このホテルに顔を見せる。

だから、早苗も、中根紘一を、彼が学生の頃から知っているわけである。

だが、今年、彼は別人のように、早苗の目をひきつけた。それは、中根のほうが変わったのだろうか。

中根紘一は、一人で部屋に残っていた。早苗は、朝食の席で、中根の一家が昼間は買い物に出ると話していたのを小耳に挟《はさ》んでいた。紘一が、一人で留守番をすると言っていたのも。紘一が一人で残り、夫は出かけて夜まで戻らない。子供たちはぐっすり眠っている。こんな時間が二度と来るかどうか分からないと思うと、早苗はここへ来ずにはいられなかったのだ。

「入ってもいい?」

じっと中根紘一を見つめながら、早苗が言った。彼も察した様子《ようす》で、黙って早苗を入れ、鍵をかけ、チェーンもかけた。

早苗は、カーテンが閉められる音を、聞いていた。そして、彼の手が肩にかかると、もう何もかも忘れて、その腕の中へと、飛び込んで行った……。

そして、二年後の夏。

1

「晴美《はるみ》さん! 晴美さんじゃありませんか! いや、奇遇ですねえ!」

大音響——いや、大音声《だいおんじよう》に、ロビーのソファでウトウトしていた片山義太郎《かたやまよしたろう》はギョッとして目が覚めた。

昔懐かしい麦わら帽子に白いシャツ、半ズボンという、古い映画に出て来る小学生みたいなスタイルでやって来たのは――

「石津《いしづ》じゃないか！」

警視庁捜査一課の刑事と、目黒《めぐろ》署の刑事の出会いとなれば、もう少しドラマチック、かつ緊張に満ちたものになりそうなものだが、この二人の場合は例外だった。

「いや、晴美さんにこんな所でお目にかかれるなんて、きっと運命の女神が微笑《ほほえ》んでくれたんですね」

石津刑事は一気にそう言ってから、キョロキョロと左右を見回し、「あれ？　晴美さんはどこです？」

片山は苦笑した。

「そんな下手な芝居はやめろ。どうせ晴美の奴《やつ》と待ち合わせてたんだろう」

「いや、さすが片山さん！　頭がいい！」

石津のお世辞は、いかにもお世辞らしく言われるので、信用もできないが、逆に憎めない。まあだいたいが、図体の大きい割りに気の優しい、憎めない男なのである。

「目黒署は暇なのか」

「捜査一課はいかがで？」

と、あまり色気のない挨拶をして、片山が大欠伸《おおあくび》をすると、

「晴美はプールに入ってるよ。もうそろそろ上がって来るんじゃないかな」

「プール？　水着でですか？」

「普通パジャマじゃプールに入らないもんだ」

と片山は言った。「ここに予約してるのか？」

「そうです」

「よくお前の給料でこんなホテルに来られたな」

「ええ、晴美さんが、『一緒《いっしょ》につけときゃ、お兄さんはボンヤリだから分かりゃしないわよ』とおっしゃってくださって――」

「おい……」

片山は青くなった。この大食漢がホテルのレストランでこれから何日も食事したら、いったいいくら取られるか……。

「石津さん！　今着いたの？」

階段を上がって来たのは、タオルのローブに水着姿を包んだ晴美だった。髪が濡れて、陽焼けした肩にかかっている。兄の義太郎に似ず（？）可愛い顔立ち。石津のような大男がコロッといくのも納得できる。

その晴美の後から美女がもう一人――いやもう一匹、くっついて来ていた。

片山家に飼われている、というか、当人に言わせれば、

「居てやっている」

　ということになるのだろうが、三毛猫のホームズである。

「もうチェックインしたの？」

「いいえ、まだです」

「じゃ、やってあげるわ。荷物は？」

「え？」

「荷物よ。スーツケースかボストンバッグはないの？」

「あれ、おかしいな？」

　と石津は首をかしげた。

「お客様」

　と、ボーイが、かなりくたびれた布のバッグを持って来て、「さっきのタクシーの運転手が、これを放り出して行きましたが……」

「俺《おれ》のだ！　人の荷物を何だと思ってんだ。逮捕してやる！」

「忘れて来るほうが悪いんだ。早く手続きして来い」

　片山は石津と晴美を見送って、ホームズのほうへ、「お前もグルだったんだな畜生！　みんなで俺だけ仲間外《はず》れにしやがって」

　と文句を言った。

ホームズのほうは、我関せずという顔でソファにヒョイと飛び乗って座り込んだ。

「やれやれ……」

片山はため息をついた。

「まあ、猫ちゃんはお元気？」

と女性の声がして、片山は振り返った。

このホテルに、片山たちと同じ日に来て泊まっている女性である。片山も顔は知っていたが、名前などはまるで頭に入っていない。

「は、はあ、おかげさまで」

片山は、こわばった顔で言った。だいたいが美人を見ると必要以上に緊張する気味があるうえに、相手が、かなり大胆なビキニの水着というスタイルでは、いやが上にもこわばらざるを得ないのである。

「私も猫が欲しいんですけどね」

と、その女性は、ホームズの顎《あご》の下を指でさすってやった。

ホームズは気持ちよさそうに首をのばして目をつぶっている。

「でも主人が猫嫌いなものですから」

「はあ」

人の奥さんか。片山も多少気が楽になった。まだ二十五、六というところだろう。パッと人目をひく美女である。

「今、ちょっとお話を耳にしたんですけど、警察の方なんですの？」

「え、ええ……まあ……」

「じゃ、安心だわ、泊まっていても」

と、その女性は微笑んだ。

片山は一瞬、戦慄《せんりつ》が背中を走るのを覚えた。美人が笑いかけると、普通の男は嬉《うれ》しがるものだが、片山の場合はゾッとするのである。片山には〈美女アレルギー〉という病名を新たに用意する必要があるかもしれない。

「お母さん」

と、十歳ぐらいの女の子が水着姿でやって来た。「プールに行かないの」

「行くわよ。進也君は？」

「もう行ってる」

「そう。じゃ、行きましょうか」

彼女は片山のほうへちょっと会釈《えしやく》すると、女の子の手を引いて、プールに降りる階段のほうへ歩いて行った。

「――お兄さん」

晴美が一人でやって来た。

「石津は?」

「部屋に、荷物置きに行ったわ。あの奥さんと何をしゃべってたの?」

「別に。——知ってるのか?」

「若いでしょう。ご主人はもう五十代なのよ」

「あの娘もずいぶん大きいものな」

「部屋の掃除に来る人から聞いちゃった。ドラマチックな出来事があったんですって」

「相変わらずその手の情報は早いな」

「何よ、聞きたくないの?」

「そりゃ……まあ……」

「あの人はね、平尾っていう医者の後妻なの。前の奥さんとは子供が二人あって、毎年、このホテルに今頃来て夏を過ごしていたんですって」

「毎年か。金持ちはいいな」

「ところが二年前の夏にここへ来たとき、奥さんは若い男性と浮気したのね。その現場をご主人が見付けたってわけ」

「気の毒に」

「大変な騒ぎになったらしいわ。奥さんが自殺しようとしたそうでね」

「死んだのか?」

「いいえ。──結局奥さんは身一つで離婚。ところが、去年の夏、同じ頃に平尾医師は若い女性を連れてここへやって来たの」

「それが今の──」

「そう。そのときは秘書ってふれ込みだったそうだけど、誰の目にも愛人だって分かったようね。そして今年は──正式な妻になっていたってわけ」

「へえ。しかし、そんなことがあって、よく同じホテルへやって来る気になるもんだな」

「ところがね、どこからともなく噂《うわさ》がひろまったらしいの」

「噂？　どんな？」

「つまり、奥さんが浮気事件を起こす前に、もう彼女──細木克子《ほそきかつこ》という名なんだけど、今はもちろん平尾克子ね、彼女と平尾医師とはずっと関係があったらしいっていうの」

「おい待てよ。すると──」

「分かるでしょ？」

「その浮気騒ぎは──」

「ご主人が仕組んだことだったらしいの」

「じゃ、その相手の男を買収でもしてたのかな」

「おそらくね。相手の男も毎年ここへ来る常連客の一人だったらしいのね。三十も半ばになって、ずっと年上の夫に、あまりかまってもらえない奥さんが、若い男に優しくされたら、ついフラッとするのも当然でしょ」

「で、その現場を押えて離婚か。ずいぶんえげつないやり方だな」

「男なんてそんなものよ」

晴美得意の「男なんて」が始まった。

「しかし、その噂が事実だと今さら分かっても、どうにもならないだろうな。まったく気の毒な話だね」

「許せないわ！　天に代わって成敗《せいばい》してやらなきゃ」

「おい、晴美、よせよ！　こっちは休暇で来てるんだ、妙なことに手を出さないでくれよ！」

片山はあわてて言った。実際、晴美は刑事の兄と違って、事件に首を突っ込むのが三度の食事より好きと来ている。

「大丈夫。冗談よ」

と晴美が笑って言った。

「やあ、ここにいたの」

と声をかけて来たのは、ちょっときざな感じの若い男で、「まだ返事をもらってないよ」

と、晴美へ笑いかけた。

「ああ、紹介するわ。これ、私の兄なの」

「お兄さん？」

「刑事なの。警視庁捜査一課の」

「まさか」

と男の笑顔がこわばった。

「やあ、晴美さん！　待っててくれたんですか！」

と石津がやって来る。

「ああ、石津さん、こちらは中根紘一さん。目黒署の石津刑事さんよ」

「こ、こりゃどうも」

と中根紘一はギクシャクと頭を下げて、「ちょっとその——人を待たせてるんで——」

と、向こうのソファへ行ってしまった。

「何です今のは？」

と、石津が面白《おもしろ》くなさそうな顔で言った。

「今のが例の男よ」

と晴美は言った。

「例の男？」

「平尾医師の奥さんの浮気の相手をつとめた人」

「あれが？　平気な顔して、ここへ来てるのか？　呆《あき》れたな」

「外国製のスポーツカーを乗り回してね。どうやら、平尾医師が金を出したって評判なのよ」

「ふーん」

片山は、首を振りながら、「金持ちってのは、ずいぶんひどいことをやるもんだな」と言った。

確かに、自分に愛人ができて奥さんと別れようとすれば、大変な慰謝料を取られるだろう。スポーツカーの一台ぐらい安いものだ。

「お姉ちゃん」

とやって来たのは、さっき、例の女と一緒に行った娘である。

「どう？　泳げるようになった？」

晴美は例によってすっかり打ち解けてしまったようだ。「濡れてるじゃないの。風邪《かぜ》引くわよ」

晴美は自分のタオルで、幸代の身体を拭《ふ》いてやった。

ホテルの入口の自動扉ががらがらと開いて、片山は何気なく顔を向けた。

四十前後と思える女性が、運転手らしい大柄な男にスーツケースを運ばせながら入ってきた。大金持ちの夫人という雰囲気である。ホテルの中へ入って来ると、サングラスを外して、ロビーを見回した。

ガチャンという音に片山が振り向くと、さっきの中根という男が、灰皿をテーブルから落としてしまったのだった。まるで幽霊でも見たように、目を見開き、アングリと口を開けている。

「——ママ」

と、幸代が言った。

「お母さん、来ないわよ」

と晴美が言った。

「そうじゃなくて、前のママ」

「え？」

みんな顔を見合わせた。

「あれが前のママよ」

幸代はそう言って、ピョンピョンと飛びはねるように、その女性のほうへ走って行った。

「ママ！」

「まあ、幸代！　元気そうね」

その女性は微笑みながら幸代の頭を撫でた。

片山と晴美は顔を見合わせた。

「おい、晴美……」

「うん、何か起こりそうな気がするわね」

晴美はホームズのほうを向いて、「どう思う、ホームズ?」

ホームズは黙ってキュッと目を閉じた。

2

プールサイドに真夏の太陽が躍《おど》っている。泳いでいるのはほとんど子供で、都会から束《つか》の間の南国を味わいに来た人々は、専《もっぱ》らプールサイドで体を焼くのに夢中だった。

「さあ、今度はここまでよ、頑張《がんば》って」

晴美は張り切って、幸代に泳ぎを教えていた。

片山はいささかへばり気味で、プールサイドの芝生に座り込んでいる。石津はハンバーガーをかじっていた。

「この暑さによく食えるもんだな」

と、片山はうんざりしたような顔で言った。

「暑いからこそ食べなきゃ元気が出ませんものね」

男が一人、片山たちのほうへやって来た。浅黒く陽焼けして、少し白くなりかかった髪からみて、もう五十代と思えたが、その動きはきびきびしている。

「失礼します」

と、男は声をかけて来た。

「はあ……」

「私は平尾と申します。ちょっとお話ししたいことがありまして」

片山は逃げ出したかったが、立ってどこかへ行くのも面倒くさかったので、肯《うなず》いた。

「——警察の方とお聞きしましたが」

と、平尾は片山と並んで芝生に腰をおろした。

「ええ。でも今休暇中でして……」

「それはもちろん承知です」

平尾は微笑みながら肯いた。「ただ、聞いておいてくだされはありがたいのです。——実は、私の命を狙《ねら》っている者がありましてね」

「命を？　穏やかじゃありませんね」

「私もそこまで憎まれるようなことはしていないつもりです。しかし、向こうが誤解しているとなると、これは別の問題ですから」

「なるほど」

「相手の女は……」

と言いかけて、平尾は言葉を切り、「ちょうど当人がやって来ました」

プールへと出て来るガラス扉が開き、あの女が水着にローブ姿で現われた。――平尾はじっとその姿を見ながら、

「あの女は以前の妻でしてね」

と言った。「早苗というのです。今は中平《なかひら》早苗。――有名な大金持ちの夫人ですよ」

「一人でここへ？」

「そのようです。おそらく私を殺しに来たのだと思います」

「何か――その――理由があるのですか？」

「向こうはあると思っているようです」

と言って、平尾は立ち上がった。

「あの――お話というのは、それだけですか？」

「ええ。聞いておいてくだされば、それでいいのです」

平尾は妻の克子のほうへと戻って行った。

一方、早苗はサングラスをかけ、プールサイドの適当な席に腰をおろして、ゆったりと寛《くつろ》いだ。それはどう見てもバカンスを楽しんでいる金持ちの夫人で、これから人を殺そうとしている女の姿ではなかった……。

「本当に素直でいい子だわ、あの幸代ちゃんは」

晴美がプールから上がって来た。ちょっとカットの大胆な水着で、石津はただポカンとし

て晴美を眺めていた。

「――平尾さんでしょ、今の」

とタオルで体を拭きながら、「何の話だったの？」

「目ざとい奴だな、まったく」

と片山は笑った。

話を聞くと、晴美は肯いて、

「いよいよ何か起こりそうね」

と言った。「何か予防措置《そち》を講じなくていいの？」

「おい、こっちは休暇中なんだぜ。それに何かが現実に起こらなきゃ、どうすることもできないよ」

「そうねえ」

晴美はしばらく考え込んでいたが、「――ともかく、ちょっと部屋へ戻るわ」

と立ち上がる。

「じゃ僕も――」

石津が、磁石にくっついた鉄片の如《ごと》く、一緒に立ち上がったが、晴美に、

「ホームズに、お昼をあげに行くんだけど、それでもいい？」

と言われて、またペタンと座り込んだ。

「ごめんね、待たせて」

晴美は部屋へ入ると言った。「お腹空《なかす》いたでしょ」

ホームズが、ベッドの上から飛び降りて来て、ニャオニャオ鳴きながら、晴美の足に体をこすりつける。何かをねだるときの仕草で――たいていはお腹が空いているのである。

「はいはい、ちょっと待って。シャワーを浴びちゃうから」

晴美はバスルームへ入って、いったん水着を脱いでシャワーを浴びると、服を着た。

「今、注文してあげるからね」

残念ながらルームサービスに〈アジの干物《ひもの》〉というのはないのだけれど、まあ人間並みに上品にできているホームズである。魚の料理ならなんとか食べる。

注文して、少しすると、廊下にガタガタとワゴンを押して来る音がした。

「来たのかな」

晴美はドアの所へ行って、覗き窓から廊下を覗いて見た。ルームサービスには違いないのだが、別の部屋らしい。ワゴンには、ウイスキーと氷のセットがのっていた。

「なんだ……」

とドアから離れようとして、晴美はあわててもう一度廊下を覗いた。

もう、通り過ぎてしまって見えなくなっていたが、今のボーイ……。あの顔は……確信を持っては言えないが、どうも、中根紘一のように見えた。

まさかとは思うが……プールサイドに中根の姿がなかったのは事実である。もしかして、何か企《たくら》んでいるのではないか。ボーイの扮装をして、どうするつもりだろう？

こうなると晴美も我慢していられない。

「ホームズ！　ちょっと待っててね。すぐに戻るから」

と、ドアをそっと開けた。ホームズがスルリと外へ出る。

「まあ、一緒に行ってくれるの？　さすがホームズ！　お兄さんたちとは違うわね」

廊下へ顔を出してみるとそのボーイは、ずっと奥のほうへとワゴンを押して行く。そしてヒョイと角を曲がった。晴美は足早に廊下を進んで行った。

「――ルームサービスでございます」

曲がり角の向こうから、声がした。確かに中根の声に聞こえる。

「はい」

と女の声が返事をして、ドアを開けたのは――晴美がそっと顔を覗かせてみると、どうも、知らない顔の一般の客らしかった。

ボーイは中へワゴンを押して入り、中で何やらモゴモゴとして聞きとれないやりとりがあって、

「ありがとうございました」

と出て来た。

間違いなく、それはボーイの格好《かっこう》をした中根だった。

が、確かめたはいいが、中根はこっちへ向かって歩いて来る。晴美はあわてて引き返そうとしたが、中根が角を曲がる前にはとても部屋へ帰りつけない。

そのとき、ホームズが、ヒョイと角を曲がって出て行った。

「なんだ、びっくりしたぞ、お前か」

中根の声がする。今だ！　晴美は部屋へ向かって突っ走った。間一髪、鍵を開けて中へ入ると同時に、中根が角を曲がってやって来た。晴美はホッと息をついた。しばらくは息切れがした。

ドアの外で、ニャーオと鳴き声がした。――もうトシかな。

「あ、ホームズ、ごめん！」

ドアを開けると、タイミングよく、ルームサービスがやって来たところだった。


その夜の夕食を、片山たち三人は、ホテル最上階の展望レストランでとっていた。

このホテル、いくつか食べる所もあるけれど、ちょっと高級な所となると、ここしかない。

「いつもなら、下で食べるのに、どうして……」

と片山は文句を言ったが、

「たまにはいいじゃないの。私のお小遣いから出してあげるから」

と晴美が言い出したので、片山も即座に賛成したのである。

席についてみて、片山にも晴美の魂胆は分かった。近くのテーブルに、平尾一家、そして奥の席には中平早苗の姿があったのである。

「おい、まさかこんな席で何かあると思ってるんじゃないだろうな」

と片山は言った。

「もうすっかり充電し切ってるわ。いつ火花が飛んでもおかしくない状況よ」

「雷でも落ちなきゃいいがね」

「何を食べましょうか」

石津のほうは、メニューとにらめっこで、ほかのことはまるで頭に入らない。「オードブルを三つ取っちゃおかしいですかね」

「お前は幸せだよ」

と、片山は言った。

「もちろんです。晴美さんのそばにいられれば、それだけで幸せですとも」

話が違うのだが、あえて訂正する気にもなれない。

ともかく、なんとかオーダーを済ませて——というのも、石津がハムレット並みに、あれかこれかと悩んだので——ホッと一息つく。

晴美が、廊下でボーイ姿の中根を見かけたことを話すと、

「アルバイトでもしてたんじゃないのか」

片山は極力、問題じゃない、と逃げようとする。

「そんなはずはありませんよ」

と石津が言い出した。

「なぜだ?」

「晴美さんがそうおっしゃってるんですから確かです」

「お話にならない」

片山は首を振った。

「しっ!——お兄さん」

と晴美が片山をつついた。

「よせよ、痛いじゃないか」

気が付くと、あの中平早苗、平尾の前の妻が、片山たちのテーブルまで来て足を止めたのだった。

「お食事はこれから?」

と、早苗は言った。

「ええ、そうです」

と答えたのは、晴美だった。

「よろしければご一緒したいんだけど、構いません?」

「どうぞどうぞ」

晴美にとっては、願ってもないチャンスである。

「じゃ、失礼して……」

早苗は、相変わらずサングラスをかけている。目の表情が見えないのは、なんとなく無気《ぶき》味《み》である。

「——幸代がいつもお世話になっていて」

と、早苗が言った。

「いいえ、とんでもない」

「幸代から聞きましたけど、刑事さんでいらっしゃるとか……」

「私のほかは、です」

と晴美が言った。「このほかに猫が一匹います」

「まあ楽しいですね」

と、早苗は笑った。

それから、ちょっと真面目な口調になって、

「あの幸代は私の娘ですの。ご存じでしょうか?」

「ええ」

「じゃ、だいたいのところはご存じでしょうね。改めてお話しするまでもなく」

「ええ、まあ……。聞く気はなくても、なんとなく話が耳に入って来て」

晴美の度胸も大したものである。

「じゃ、早いわ」

と、早苗は言った。「実は、私は、誰かに殺されそうなの」

片山と晴美は顔を見合わせた。

「でも誰に？」

と片山が訊《き》く。

刑事として、それぐらいは訊かなくてはなるまい。

「いろいろと、私の顔を見ると、いやな気分になる人がいるようで」

と、早苗は微笑んだ。

「しかし、それだけでは……」

「ええ。分かっています」

「何か具体的な脅迫でも？」

「電話がかかりました」

「電話？」

「早くここを出て行け、というのです。男の声で」

「誰の声なのかは――」

「分かりません。でも、交換台に訊くと、外からはかかっていないのです。つまり、このホテルの中でかけているのは確かですから」

「なるほど」

「私はもう過去は水に流しました」

と、早苗は言った。「夫を恨んだり憎んだりもしました。でも、すべては済んだことです。もう、今は私も中平の妻ですし、今さら平尾に未練などありません」

「それなら――」

「なぜここへ来たのかとおっしゃるんでしょう。――当然です。夫のことは忘れても、子供のことは忘れられません」

「当然ですわ」

と晴美が言った。

「ありがとう。――子供たちの顔が見たい、元気でいるのを確かめたい。それだけなのです」

「それを、その人たちへ伝えてはいかがですか」

と片山は言った。

「信じてくれるとは思えませんもの」

それはそのとおりかもしれない。――食事になると、早苗はその話をせずに、もくもくと食べた。石津も同じだった……。

「――ところで、これからどうなさるんです？」

「夏を楽しみますわ」

と、早苗は言った。「でも殺されてはつまりませんものね。こうしてあなた方とお近付きになっておけば、誰も手を出さないかも――」

ちょっと希望的観測にすぎるのじゃないかと片山は思った。

「どうもお騒がせしました。お食事の邪魔をして」

と、早苗は先に立ち上がって、「私のほうから押しかけて来たのですから、ここの支払いは任せてください」

と、さっさと行ってしまう。

「お互いに殺される、殺されると騒いでるんだ。けっこう空騒《から》ぎに終わるかもしれないな」

と片山がコーヒーを飲みながら言うと、

「そうは思えないわ」

と、晴美が水をかける。「たぶん、どっちかが、心にもないことを言ってるのよ」

「お前はもう少し楽観的になれないのか？」

「残念だわ、あの早苗さんと、もう少しゆっくりお話ししたかったのに」

「本当に残念ですね」

と、石津が言った。「払ってくれると分かってりゃ、もっと食べるんだったのに……」

昼間泳いで疲れるのか、子供たちも早々にベッドに入り、夜のロビーは静かになっていた。

片山は、晴美が風呂に入っている間、ホームズとともにロビーへ出て、新聞をめくっていた。

「まったく、休暇もろくに休めないんだから、いやになるよ。なあ、ホームズ。そう思わないか?」

ホームズはなんとも答えずに、ニュースを映しているテレビを眺めていた。

足音が近付いて来た。片山が顔を上げると、平尾克子の笑顔に出会った。

「今晩は」

「どうも……」

片山は、ここへ来るな、と心の中で念じながら会釈した。――あっちに行け！　隣りのソファには座るな！

平尾克子は、隣りのソファに腰をおろした。

「片山さん――とおっしゃるんでしょう?」

「はあ」

「捜査一課の腕利き《き》警部なんですってね。驚きましたわ」

警部じゃない、と訂正するのも面倒で、黙っていた。

「あの……ご存じでしょう、いろいろとややこしいことになっているのを」

知りたくはないのだ、と片山は思った。克子は続けて、

「そりゃあ、はた目には、私が早苗さんを追い出して、平尾と一緒になったように見えるかもしれません。でも、人の愛情なんて、誰がどうなるか、分からないものです。そうじゃありませんこと？」

「それはまあ確かに……」

「きっとあなたになら分かっていただけると思っていましたわ」

いきなり克子が片山の腕をぐいとつかんだ。片山は、

「助けてくれ、人殺し！」と叫び出したいのを懸命にこらえていた。

「あ、あの……」

「私を助けてください！」

克子はじっと片山の顔を覗き込んだ。

「助けろとおっしゃられても……」

「誰かが私を殺そうとしてるんです」

と、克子は言った。

3

空が白み始める頃、ホテルのプール整備係、小国《おぐに》の仕事が始まる。

なにしろ、高いホテル代を払っているのだ、一日フルに泳いでやろうという客は、朝早く――ひどいときは六時頃からプールに入ることがあるのだ。

それまでに、プールの周りの掃除も済ませておかなくてはならない。昔の客はよかった、と、もう五十になろうとしている小国はいつも考えた。

みんなおっとりしていて、少々のことで文句を言ったりはしなかった。それにホテルのほうも、存分にぜいたくなサービスに努めたものである。

それが最近は、節約、節約で、プールの水もあまり入れかえないし、人手も減って、サービスも落ちた。おかげで、小国のような古い使用人としては、面白くない。しかし、使用人は使用人で、ホテルの経営方針にまでは口出しできないのである。

プールサイドへ出ると、小国は、朝の爽《さわ》やかな空気を思い切り吸い込んだ。夜の涼しさの名残《なご》りは、微《かす》かに感じられたが、すぐに陽が射して、暑くなって来るのに違いない。

「ああ、畜生め！」

小国は意味もなく呟《つぶや》いた。——が、それにふさわしい光景が、彼を待ち受けていたのである。

プールに誰かが浮かんでいた。

もう泳いでいる奴がいるのか、と小国は驚いた。なんとなく水が赤く見えるのは、朝日のせいかと思った。

しかし——よく見ると、それは、ボーイの制服を着た男で、うつぶせになって、水面の少し下に漂っており、どう見ても、泳いでいるのではなかった。

そして、その男の周囲の水を赤く染めているのは、広がった血だと気が付くと、やっと小国にも、事の重大さが分かって来た。

男が死んでいる。

こんなことは、小国の長いホテル生活でも初めてだった。恐怖を感じるよりも早く、小国は腹立たしさを覚えた。

俺のプールでなんてことをしやがる！　どうせ死ぬなら、部屋で死んでくれりゃいいじゃねえか。よりによって、このプールで死ななくたって……。

しかし、ともかくこれは上司へ知らせなければならない出来事であることは、小国にも分かっていた。

小国はフロントへ行った。副支配人が、眠い目をこすりながら、起き出して来たところであった。

「プールに死体が浮いてますよ」

と小国は言った。

「ん？　じゃ早く片付けてくれよ。客が見たら文句を言うからな」

「でも……いいんですか」

「なんだ？　虫か、トカゲか」

「男です。人間ですよ」

副支配人は、たっぷり一分近く、小国の顔を眺めていた。そして言った。

「じゃ排水孔から流せないな」


「被害者は中根紘一。このホテルの客だった。なぜ、ボーイの服装をしていたんですか？」

地元署の刑事は、石津と同じぐらいの年齢らしかった。もっとも石津ほど大柄でなく、中肉中背の、標準サイズである。

「そんなこと分からないよ」

片山はうんざりしながら答えた。

「お考えをお聞かせ願えればありがたいんですが」

その若い刑事——名前を橋口《はしぐち》といった——は、片山が警視庁捜査一課の刑事と知ると、あれこれしつこく訊いて来た。片山のほうとしては、せっかくの休暇を台なしにしたくないので、知らぬ存ぜぬで通そうと頑張っていた。

「考えなんて何もない。今は休暇中なんだ。だから何も考えないことにしてるんだ」

「そうおっしゃらずに——」

と橋口刑事のほうもしつこい。

ホテルのロビーでの攻防を、少し離れて眺めているのは、晴美とホームズ、それに石津だった。

「お兄さんたら、苦労してるわ」

と晴美は微笑んで、「その間にこっちはこっちで進めましょう」

「そうですね。じゃ、早速昼食にして——」

「食べることじゃなくて、事件のほうよ」

晴美はホームズを連れて、プールのほうへと階段を降りて行く。石津は、

「腹が減っては戦《いくさ》ができぬと言いますよ……」

とブツブツ言いながらついて行った。

プールはもちろん閉鎖で、今は鑑識課員や、報道陣が、水着姿の美女の代わりに、プールサイドを占領していた。

晴美は、そのほうへ、いかにも好奇心旺盛《おうせい》な客の一人という顔で、歩いて行った。

中根紘一が殺された。ボーイの服装で、だ。なぜ中根は殺されたのか？

片山のところへは、三人もの人間が、殺されそうだと訴えて来た。

平尾、中平早苗、平尾の妻、克子。

だが実際には、そのうちの誰でもない、中根が殺されているのだ。意外な結果になったわけである。

「ねえ、ホームズ、これはどういうことだと思う？」

と、晴美はホームズに話しかけた。「中根の死は、単なる偶発的な死で、犯人の目的はほかの誰かにあるのか。それとも、最初から中根が目標で、それをごまかすために、あんな話をお兄さんへもちかけて来たのか……」

ホームズは、トットットと歩いて行く。

小さいので人目につかないのか、布で覆われた中根の死体のところへ行って、布の下を覗き込むようにして一回りした。

それから晴美の顔を見てニャーオと鳴く。

「あ、おい、こら！　あっちへ行け！」

と刑事が気付いて、ホームズを追い払おうとした。

「あ、すみません、今連れて行きますから」

と晴美が駆けて行くと、刑事のほうは、任せたよ、という様子で、あっちへ行ってしまった。

「何なの、ホームズ？」

晴美は死体のそばにかがみ込んだ。少し布がめくれて、中根の片足の先が覗いている。

——靴をはいていなかった。

「おい晴美」

と声がして、片山が橋口刑事とともにやって来る。

「何してるんだ」

「お兄さん。休暇中なんじゃなかったの？」

「片山さんは快く事件解決に協力してくださることになったのです」

片山が渋い顔で、

「いやいやながらだ」

と言った。

要するに根負けしてしまったのである。

「見て、お兄さん。靴をはいてないわ」

「馬鹿いえ。靴はちゃんとはいてる」

「お兄さんのことなんか言ってないわよ！　死体じゃないの」

「なるほど、そういえば……」

「落ちた拍子に脱げたのかも」

と、石津がヒョイと顔を出しながら言った。

何やらモグモグと口が動いている。

「何か食べてるの？」

「ハンバーガーを一つ……」

「よく食う奴だな」

片山は呆れ気味に言った。「——しかし、それなら、プールにでも浮いていそうなもんだな」

橋口が、ほかの刑事を呼んで、訊いてみたが、どこにも靴はなかったということだった。

「おかしいわ。靴下だけの裸足《はだし》なんかで来るかしら？」

と、晴美は言った。

「確かに変だな。それに、中根があんな格好をしていた理由も気になる」

「それはまだ分からないわね。でも、ともかく靴の件、頭に置いとかなくちゃ」

「死因は？」

と片山が訊いた。

「後頭部を強打されているんです」

橋口が説明する。「血管も切れて血がかなり出たはずです」

「プールの水が赤くなってるものね、少し」

と晴美が肯く。

片山はあわてて目をそらした。血を見ると貧血を起こすという厄介《やっかい》な持病の持ち主なのである。そして、片山は反対側の、ホテルの建物を見上げたが——

「おい、橋口君」

「なんでしょう？」

「中根がどこか高い所から落ちて頭を打ったとは考えられないか？」

「それも考えました。しかし、プールに落ちたということは、少なくとも、プールのへりかどこかに頭をぶつけているわけでしょう。しかし、その痕跡はまったくありません」

「そうか。——ホテルの部屋のベランダから落ちれば、ここへ落ちるんじゃないかと思ってね」

「高さは充分《じゅうぶん》ですが、無理です。途中にほら、通路が一段張り出して、その外側にプールがありますから、ベランダから落ちれば、その通路に落ちるはずなんです」

「なるほどね」

片山は肩をすくめた。ま、俺の考えなんて、だいたいいつもお話にならないのだ……。

片山が一人でいじけていると、ホームズがニャオ、と鳴いた。

「慰めてくれるのか？」

と片山が見下ろすと、ホームズの目はまったく別の、高い所へ向いていた。見上げるベランダに、中平早苗の姿があった。手すりに両手を置いて、じっとプールのほうを見下ろしている。

「早苗さんだわ」

と晴美が言った。

「問題の女性ですね」

橋口が興味深げに言った。

「あれは……」

と晴美は呟いた。

早苗のそばに、男が立った。遠くから見ても、早苗よりずっと年上――平尾以上であることが分かる。六十代も半ばという感じの男だった。

「あれは誰です？」

と、石津が言った。「父親かな？」

「あれはきっと中平よ」

と、晴美が言った。「早苗さんのご主人だわ」

ロビーには、平尾と克子の夫婦、それに中平と早苗の夫婦が集まっていた。そしてむろん片山たち。

中平は、さすが大金持ちとして知られる存在だけあって、少しも成金趣味的なところを感じさせない、老紳士であった。

平尾とも丁重に挨拶を交わし、それがまた、底に敵意を秘めたといったものでなく、心からの親愛の情を感じさせる話し方だった。

「突然思い立ちましてね」

と、中平は平尾に言った。

「本当にびっくりしたわ」

と早苗が言った。「だって、今はてっきりロンドンだと思ってたのに――」

「思い立つとじっとしていられない性格でしてね」

中平は愉《たの》しげに笑って、「ここで、たまには妻と二人で過ごしたい、せっかく若い妻が来てくれたのに、二人の時間も楽しまずに死んでしまっては、申しわけありませんからね」

「すばらしい情熱をお持ちですな」

と、平尾は言った。「ロンドンから奥さんに会いに帰ってみえるとは」

「成田《なりた》からここへ直行しましてね。ゆうべの一時頃に着きました」

「夜中に電話が鳴って、出てみると、主人が下に来ているっていうじゃありませんか！　もうびっくり」

中平は若い妻の手を握って、

「途中で電話をかけるために立ち止まるのも惜しかったのさ」

と言った。

晴美は、中平が、金の力で若い女性を妻にしている、いやらしい年寄りに違いないと思っていた、そのイメージを変更せざるを得なかった。

もう七十に近い年齢と聞いてびっくりするほどの若々しさは、正に羨《うらや》むべきほどであった。

「ええと……ここに集まっていただいた方々は、被害者、中根紘一さんをご存じですね」

と橋口は言った。

「私は直接存じません」

と、中平が言った。

「ああ、もちろんです、つまり――」

「いや、名前ぐらいは知っていますよ。かつて、このホテルで起こったことを、妻は包み隠さず、話してくれました」

「そうですか……」

橋口は咳払《せきばら》いをして、「それで――つまりその――中根さんは殺されたものと見られるのですが――」

「あんな男にさんをつけることないわ」

と言ったのは早苗だった。

「同感ですね」

平尾が肯いた。「人の女房を寝取っておいて、後では、私をゆすろうとしたのです」

「ゆすった？」

「それはどういうことですか？」

晴美が思わず口を挟んだ。

「つまり、医師会などに、妻が浮気したことを言いふらす、と脅して来た」

「で、どうなさったんです？」

「もちろん断わりました。すると、あいつは腹いせに、噂を流した」

「噂というと――」

「あいつが早苗を誘惑したのは私の頼みによるものだとか、私と克子が、その前から関係があったとかね。調べてもらえば分かりますが、克子と知り合ったのは、早苗と別れて半年後のことです」

平尾の言葉が事実かどうか、確かめるのはむずかしい、と片山は思った。ともかく、当の中根は死んでいるのだ。

しかし、平尾の言葉を、まったく否定するわけにもいかなかった。中根という男が、いかにもそれぐらいやりかねないタイプだったからである。

「ともかく、中根は殺されました。このホテルに泊まっておられる方の中で、中根と深い関わり合いのあるのは、この皆さんです」

橋口はなんとか話を進めた。

「それで？」

「それで——死亡推定時刻は、だいたい夜中——十二時から三時ぐらいの間、ということなのですが、その頃皆さんは何をなさっていましたか」

平尾は克子と顔を見合わせて笑った。

「いや、正確に何時から何時までだったか分かりませんが、そのほぼ三分の二に当たる時間は、妻とベッドにいましたな」

「それは証明できますか？　誰かほかにいたとか——」

「ああいう場合、普通、ほかの人間はいないものです」

橋口は、やっと平尾の言う意味を悟って、首筋まで真っ赤になった。

「し、失礼しました。——中平さんご夫妻は？」

「さっき申し上げたとおり、私は一時頃ここへ着いた。荷物の整理や入浴で一時間。そして——後は平尾さんご夫妻と同様だな。なにしろ妻の顔を見たのは久しぶりでしてね」

「は、はあ……」

独身らしい橋口は、見るも哀れなほどのうろたえぶりであった。

「一つお訊きしていいですか」

晴美が言った。「平尾さんも奥さんも、そして中平早苗さんも、みんなが『誰かに殺される』と心配しておられたようですが、いったい誰が自分を殺そうとしているとお考えだったのですか？」

誰もが顔を見合わせた。

「あなた……」

早苗が平尾へ向かって言った。

「いや僕は――君が、噂を真《ま》に受けて、僕に仕返しするために来たんだと思っていたんだよ」

と、平尾は言った。

「まさか私が――。あなたとご相談したいことがあったのよ」

「相談？」

「ええ」

二人は、ちょっと黙り込んだ。

「私は……あなたが、私を殺すつもりじゃないかと思った」

早苗は平尾へ言った。「だって、当然、何の話かあなたは分かっていると思ったんですもの」

「何の話だね？」

「それは……。二人きりで話したいわ」

「分かります」

と晴美が言った。「幸代ちゃんのことですね。幸代ちゃんを早苗さんが引き取りたい、と——」

「まあ、どうしてそれを？」

早苗が驚く。

「幸代ちゃんとよく遊びましたもの。分かりますわ」

「そうだったのか」

平尾はゆっくり肯いた。「君の気持ちは分かる。——克子、どう思う？」

「さあ……。幸代ちゃんの気持ちに任せるほかないんじゃないかしら」

「克子さんはなぜ殺されそうだと思ったんですの？」

「私は……なんとなく怖かったんです。あれこれと複雑な関係のある人たちが、こんなに集まったんですもの」

「それだけ？」

「それだけです」

晴美は肯いて、兄のほうを見た。

「お兄さん、何か訊きたいこと、ある？」

どっちが本職か分からない。片山は少々ふてくされていた。

4

ロビーには、片山と晴美、石津とホームズの、「四巨頭」（？）が残っていた。

「——参ったな」

と片山が、一同の気分を代表して言った。

「そうね。殺されたのがろくでなしとなると、動機のある人がいっぱいいるわ」

「誰が犯人でもおかしくない、ってわけだ。しかし——問題は、なぜ、今殺すのか、ってことじゃないか？」

片山が言った。

「お兄さんも、たまにはいいこと言うじゃないの」

「本当に、たまに、ですけどね」

と石津が、例によって一言余計なことを言い出した。

「早苗さんにしたって、今になってあんな男を殺したからって、何も得るものはないわ。むしろ、幸代ちゃんを引き取るという夢が消えてしまうでしょう」

「それもそうだな」

「平尾さんにしても、若い奥さんをもらって、たとえ、中根にいやがらせをされたといっても、殺すほどのことはないと思うのよ。もちろん、何か別の秘密を中根に握られていたとでもいうのならともかくね」

「すると、また中根があの奥さんを、誘惑でもしたのかな?」

「そう巧《うま》く行く? 奥さんのほうだって、中根と早苗さんのことで、どんな噂が流れたか、知ってるはずですもの。そんな手には引っかからないでしょ」

「ふむ。……つまり、中根が殺された、今の理由が問題だな」

「そうね。——もしかすると、あの二組の夫婦とは何の関係もないのかも……」

「おい、なんだって?」

と片山が言った。「また振り出しに戻るのか?」

ホームズが、どこだかで、ニャオと鳴いた。

「あら、ホームズが——」

と、晴美が言った。

いつの間に姿を消していたのか、ホームズが、何やら白い布を引きずってやって来る。

「何を持って来たの?」

と晴美が拾い上げる。

ボーイの制服である。

「こんな物、どこから――」

と晴美が言いかけると、

「待て？　どこだ！」

と、声がして、シャツにステテコ姿の若い男が走って来る。

手にはズボンをぶら下げて、裸足のままだった。

「あの――もしかして、これ、あなたの？」

と晴美が言った。

「ああ、よかった！　いや、ちょっと風呂へ入ってたら、どこかの猫が――」

「ごめんなさい。うちの猫、メスなもんだから、男性に興味があるのよ」

と晴美が煙に巻いて、「こういう制服は簡単に手に入るの？」

と訊いた。

「いいえ。ちゃんと数もピシッと決まってて、わりとやかましいんですよ。自分で破ったりすると弁償しなきゃなんなくて」

「へえ、大変なのね」

「本当ですよ。今の支配人になってから、えらくケチになって――」

少し離れたところで、エヘン、と咳払いが聞こえて、その若いボーイは、あわてて、

「し、失礼します」

と、行ってしまった。

どうやら、フロントのところで腕組みしているのが支配人らしい。

「――ホームズの言いたかったのは、きっと、中根がなぜあの格好で死んでたか、ってことなのよ」

と、晴美が言った。

「ボーイのふりをして、何かを探ってたのかな」

「でも、そう簡単にはボーイの服は手に入らないのよ。――ホームズ、何よ、重たい」

ホームズが晴美の足の上に、デンと座り込んでしまった。座り心地がいいとはとうてい思えないが。

「足か！」

と片山が言った。

「え？」

「今のボーイも裸足だったぞ！　つまり――」

「中根は、お風呂に入ってたのかしら？」

「靴だけ脱いでですか？」

と石津が訊いた。

「――待って。靴を脱ぐ、ってのは、ちょっと意味深長な行動なのよ」

晴美は、少し考え込んでいたが、やがて、ニッコリ笑うと、「石津さん、私って魅力ある？」

「あるどころか！　世界中の魅力が集まったって感じですよ」

「少々オーバーね」

と、晴美は笑って、「――一つ、この魅力を発揮してやるかな」

と言った。

片山と石津は、なんとなく不安な様子で顔を見合わせた……。

そのボーイは、ルームサービスの昼食を、ワゴンで運んでいた。

一人前だ。――こいつは、チャンスかもしれない。

その部屋の前で、ワゴンを止めると、ドアをノックした。

「はーい」

女の声だ。ボーイは胸がワクワクして来た。

「ルームサービスでございます」

「あ、待って」

少し間があって、ドアが開く。「ごめんなさい、シャワーを浴びてたものだから」

美人だった。髪がなまめかしく濡れ、タオルのローブをまとっている。たぶんその下は……裸だろう。

「中へお入れしてよろしいですか」

「ええ、お願い」

女は、ボーイが、テーブルにランチをセットするのを眺めていたが、やがてふらりと近付いて来て、

「忙しいの？」

と訊いて来た。

「そう……でもありません」

「夫がね、明日にならないと来ないのよ」

と女は言って、タバコに火を点《つ》けた。

「お寂しいですね」

「そう。本当よ。もう三週間以上、一人で放ったらかしなんですもの。しかも夫は外国で、金髪女か何か抱いていて、私のほうは尼僧《にそう》の如《ごと》き生活よ。不公平だと思わない、あなた」

「そうですね……」

「ねえ」

と女は、挑発するような笑顔になって、「一時間ほど、ここで休んでいかない?」

「支配人がうるさくて」

とボーイは一応言った。

「大丈夫よ! 私がちゃんと説明してあげる。私が気分が悪いのを、治してくれたんだ、ってね」

「それなら結構です」

女はフフ、と笑って、

「じゃ、ベッドで待ってて、今、もう一度シャワーを浴びて来るわ」

と浴室へ消える。

ボーイは低く口笛を吹いた。この女は上等だぞ! 服を脱いでベッドへ潜《もぐ》り込む。——女がヒョイと顔を出して、

「早いのね」

と笑った。

「待ってるんですよ」

「今、行くわ」

女はバスタオル一つを体に巻いて出て来た。ボーイは、思わず舌なめずりした。

そのとき、ドアがノックされた。

「おい、俺だ。早く着いたんだよ」

と男の声。

「まあ！　主人よ」

と女は口を押えて、「早く出てって！　早く！」

とボーイをせき立てる。

「そんなこと――言ったって――」

ボーイもあわてて服は着たが、

「おい、何してるんだ、開けてくれ」

とノックの音も高くなる。

「待って！――ねえ、早く、ベランダから出て」

「でも……」

「主人が見たら大変！　早くして！」

せっつかれて、仕方なく、ボーイはベランダへ出た。

「ここからどこに？」

「隣りのベランダにでも。――早くしてよ」

女はドアのほうへ行く。ボーイは仕方なく、手すりをまたいで、隣りのベランダへと移ろうとした。留守でなかったら大変なことになるが……。

が、ボーイはもっとびっくりした。隣りのベランダへ移ろうとしたら、いきなり、三毛猫が顔を出して、

「ギャーッ！」

と鳴いたのである。

「ワッ！」

ボーイはバランスを失って、落っこちかけ、辛《かろ》うじて手すりからぶら下がった。

「た、助けて！」

とボーイは叫んだ。

三階の部屋だから、落ちても死にはしないかもしれない。しかし、足の骨ぐらいは折るに違いないのだ。

「誰か！　手を貸してくれ！」

ベランダへ片山たちが出て来た。

「なるほど、こういう具合だったのか」

と片山が言った。

「分かるでしょ」

晴美は言った。欲求不満の人妻を演じたのは晴美である。ただし、タオルの下には、ちゃんと水着をつけていた。

「中根は、ボーイの格好をして、人妻に近づく機会をいつも狙ってたのよ。ボーイの中に、協力者を作って、ルームサービスを、時々、自分で届けに行っていた……」

「けしからん奴だな」

と片山は言った。

「助けてくれ！」

手すりからぶら下がったボーイが悲鳴を上げている。

「あのときは、早苗さんが、中根を自分の部屋へ呼んだのよ。中根は、部屋へ入るところを誰かに見られてもいいように、やはりボーイの服装で行った。そしていざというときに——」

「中平さんが突然やって来た」

「そう。中根はいそいでベランダから、隣りへ移ろうとして、足を滑らせたのよ」

「きっと靴は手に持っていたんだな」

「たぶんね。天罰よ。女にうつつを抜かして、金をせびってたんでしょう」

「おい！　助けて——」

「あれは果たして事故だったのかしら？」

と晴美は首をひねった。「どうも、あの中平さんと話している様子からみて、早苗さんが、また中根を呼ぶとは考えられないのよ、私には」

「というと？」

「ご主人と早苗さんが一緒になって、中根をとっちめようとしたんじゃないかしら。立証はできないけどね。まさか死ぬとは思わなかったかも……」

「助けてくれえ!」

ボーイが泣き出しそうな声を出す。

「おい、石津、引っ張り上げてやれよ」

と片山は振り向いて言った。

石津がやっこらしょと、ボーイをベランダへ引き上げてやると、ボーイは床を這《は》うようにして逃げて行った。

「しかし、そうなると、中根の死体は、この真下の通路になきゃおかしいぞ」

「早苗さんたちは、たぶん、中根が巧く隣りへ逃げたと思ってたんじゃないかしら。実は、中根は下の通路で死んでいた……」

「ええ?　しかし——」


「すみません」

若いアルバイトの学生が、小さくなって、小国へ頭を下げた。

「すると君が、通路の掃除の係か」

と片山は言った。

「そうです。朝早く、あの人が、死んでいるのを見付けて――」

「怖くなって、死体をプールへ運んだんだね？」

「いいえ。怖いよりも、掃除の邪魔されるのがいやで」

「なんだって？」

と片山が訊き返した。

小国が急に笑い出した。

「いや、お前の気持ち、よく分かるぜ。俺だってできることなら、あの死体をプールからよそへ放《ほう》り出してやりたかったよ」

小国は、やっと再開を許されたプールのほうへ歩いて行った。

プールは再び活気を取り戻していた。

炎天下、片山はばて気味、石津の食欲は変わらず、晴美は元気で泳ぎ回っていた。

「おい見ろよ」

プールから上がって来た晴美へ、片山は言った。――ホテルのほうから、平尾の一家と、中平夫婦が、みんな水着姿で、談笑しながら現われたのである。

「人間同士って不思議なものね」

と晴美はタオルで体を拭きながら、言った。「ほんのちょっとしたきっかけで、憎しみが、友情に変わったり……」

いつの間にかハンバーガーを平らげて、グウグウ眠っている石津を見て、片山が言った。

「石津の奴に関しては、いつも食欲が眠気に変わるんだ。珍しいことじゃないさ」

「あ、いけない」

晴美は手を打った。「ホームズに食事やるの忘れたわ！」

晴美がタオルを肩にかけて、ホテルの中へと駆け込むのを、ホームズはベランダから見下ろしていた。

人間は単純で幸せだよ、とでも言いたげな顔をしているように見えた……。

三毛猫ホームズの幽霊城主

プロローグ

城壁の頂上に上ると、強い風が吹きつけて、晴美《はるみ》はよろけた。

嵐の夜。──雷鳴が大地を揺るがせ、風は猛獣のような唸《うな》り声を上げて、渦巻いている。

青白い光が、サッと走ったと思うと、叩《たた》きつけるような雷鳴。晴美は頭を低くして、まるで嵐そのものから逃げ出そうとするかのように、城壁の上を、一歩、一歩、風に逆らって進んでいた。

しかし、本当に晴美が逃げなくてはならないものが、今しも城壁へのはね蓋を上げて姿を見せたところだった。

仮面をつけたその男は、黒いマントを風にはためかせながら、じりじりと晴美の背後に迫って行く。その仮面は、いかにもこの情景には不似合いな、にこやかに微笑《ほほえ》む聖母マリアの顔で、それがいっそう無気味《ぶきみ》な印象を与えている。

晴美は、背後に迫る殺意に、最後の瞬間になって気付いた。ハッと振り向いた時、仮面の男の手にあるナイフは、深々と晴美の胸に呑み込まれていたのだ。

「おお……」

晴美はよろけて、城壁の隅――その下は垂直に数十メートルも落ち込んでいる――に手をつき、やっと踏み止《とど》まった。

「あなたは――あなたは誰《だれ》なの！」

と、晴美は叫《さけ》んだ。

「分らないのか！」

と、男が叫んだ。「分らないのか、私のことが！」

男が仮面を投げ捨てる。晴美は、

「アッ！」

と、声を上げた。「――お兄さん！」

晴美はよろけて、

「どうして――どうしてなの！　なぜ私を殺すの！」

「お前は私のものだ！　私、一人のものだ！　誰にも渡すものか！」

「お兄さん……」

「見も知らぬ男に、お前を渡すくらいなら、この手でお前を殺して、私も死ぬのだ！」

そう叫んで、たった今晴美を刺したナイフで我が胸を刺し、そのまま崩れ落ちる。

「お兄さん……」

晴美は、兄へと手をのばした。「私が愛したのは……あなただけ……」

しかし、兄へと歩み寄る力は、既に残されていなかった。晴美はよろけ、風に、かよわい羽毛のようにあおられると、城壁を越えて、暗い深淵へと墜落して行った。

雷が光り、雷鳴が轟《とどろ》き、そして素早く幕が下りた。

拍手が、劇場を揺るがした。

「ブラボー!」

という声も飛んだ。

拍手の嵐は、劇場を埋めた観客のほとんどを巻き込んでいたが、中には、単純に拍手をするだけで終らない「観客」もいた……。

「おい、落ちつけ!」

と、片山義太郎《かたやまよしたろう》は、拍手をするどころではなく、立ち上ろうとする隣の席の石津《いしづ》刑事を必死に押えつけなくてはならなかった。

「片山さん! 離して下さい!」

と、石津は顔を真赤《まつか》にして、「あの野郎をぶっとばしてやるんです!」

「頭を冷やせ、って言うんだ!」

「しかし、晴美さんを刺すなんて、そんな奴《やつ》を放《ほ》っとけって言うんですか!」

「これは芝居なんだぞ!」

「分ってます！　しかし、たとえ芝居でも、晴美さんを刺すなんて、ひどい野郎です！」

「無茶言うなよ」

その時、ワーッと、拍手が一段と盛り上った。幕が上って、出演者がズラリと並んで登場したのだ。

とたんに石津の方もガラッと変り、

「ブラボー！　晴美さん、万歳！」

と、大声で叫びながら、拍手し始めた。「大統領！　日本一！」

片山は、ため息をついて、

「付合《つきあ》いきれないよ」

と言った。

「ニャー」

と応じたのは、もちろん三毛猫のホームズで、石津とは反対側の、片山の隣の席に座って、この芝居を観賞していたのである。

しかし、そんな片山やホームズの「嘆《なげ》き」にはお構いなく、石津は熱狂的な拍手と、

「ブラボー！」

を続けていたのだった……。

終りかけたパーティというのは、侘《わび》しいものである。

残っているのは、帰ろうと決心するだけの気力もなくなるくらい酔っ払った人間か、でなければ、誰か話し相手をしてくれないかと未練がましくうろついている、目立たない手合ばかり……。

ともかく、いずれにしても、「活気」というものは、とっくの昔に消え去って、残るはけだるい疲労と眠気だけになってしまうのだ。

「もったいない！」

と、ただ一人の例外が言った。「こんなにローストビーフが残ってるなんて」

もちろん石津である。

「好きなだけ食べろよ」

片山はうんざりしながら言った。

――パーティ会場の一角で、わずかに盛り上っているのは、晴美たちである。

「良かったわよ！」

「本当！　晴美さん、絶対に女優になるべきだわ」

賞《ほ》められて、悪い気がするわけもない。晴美も少々頬を上気させているのは、アルコールが入っているせいばかりでもないらしかった。

なぜ、晴美があんな芝居に出ることになったのか。――まあ、詳しい事情はともかくとして、要するに、高校時代からの友だちで、今、ある劇団にいる、水田真子《みずたまさこ》から頼まれて、のことだったのである。

頼まれて、というよりは、「のせられて」というのが正確かもしれない。

「しかしなあ」

と、片山は、少し離れた所から、晴美たちの姿を眺《なが》めながら、「いくら、のせられたからって、まるきりの素人《しろうと》を、よくあんな役に使うもんだな」

「ニャー」

ホームズも、珍しく（？）片山に同感らしい。

もちろん、晴美の役柄は、重要ではあるがそれほど出番もセリフも多くない、という、かなり得な役ではあったが、その辺をさし引いても、ひいき目でなく、片山は晴美がよくやっていると認めざるを得なかった。

しかし、そう当人には言いたくない。あまり賞めると、何を言い出すか分らない性格だからである。

「片山さんでしたね」

女性の声に振り向くと、年齢のよく分らない――といっても、まだ三十は越えているかどうか――女性が立っていた。

誰だっけ？　片山は首をひねった。いや、見たことのある顔なのだが……。

「失礼ですけど——」

分らない時は、素直に訊《き》く。これが片山のモットーである。

「お忘れ？」

と、気を悪くしたようでもなく笑って、「演出を担当した、矢坂《やさか》ゆかりです」

そうか。片山はびっくりした。

「こりゃ失礼。でも、イメージが全然違うんで……」

こんなに美人だったのか？

片山は、晴美のことが心配で見に行った舞台稽古の時、ジーパンにTシャツという格好《かっこう》の、矢坂ゆかりを見ているのだ。

その彼女が、今は分らないというのも、当り前の話で、今夜は、赤のイヴニングドレスをみごとに着こなしているのである。

「私だって、女ですよ」

と、ゆかりは笑った。「シャンパンは？」

「いや、僕はだめなんです。全然」

「まあ、珍しい」

矢坂ゆかりは、アッという間にグラスを空《から》にしてしまう。

髪を短くして、いつもはおよそ化粧っ気もない。しかし今は……。

「妹さん、すばらしかったですわ」

と、矢坂ゆかりは言った。

「そうですか？」

「そう思いませんでした？」

正面切って訊かれると困るものだ。

何といっても晴美は妹だ。身内のことをあまり賞めるのは気がひけるという世代なのである。

「ともかく、あんまりあいつをおだてないで下さい」

と、片山は言った。「すぐにでも役者になると言い出しかねませんから」

ほんの軽い冗談のつもりだったのに、それを聞いた矢坂ゆかりはキッとなって、

「それがいけませんの？」

と、訊き返して来た。

「いや――別にいけないというわけじゃ――」

「男って、みんな同じですね。女が有能だと認めると、男の名誉にかかわる、とでも言わんばかりに」

ゆかりは、しどろもどろの片山に、決めつけるように言ったが……。やがて、フッと息をついて、

「すみません。つい——」

「何でもありませんよ。叱《しか》られるのは慣れてます」

片山の言葉に、ゆかりはニッコリと笑った。

「優しい方ね、片山さんって」

上げたり下げたり、忙しいところは晴美とも似ている。気が合ったのも、当然かもしれない。

「しかし、大したパーティですね」

と、片山は話を変えた。「大変な費用でしょう。そんなに利益があるんですか?」

片山の言葉に、ゆかりはいたずらっぽく、

「千数百万」

と、言って、「ただし、赤字が、ですけどね」

「赤字?」

「もちろんです。一か月とか、二か月の長期公演ならともかく、たった二日間ですよ。装置も衣裳も、この二日だけで、もう使えないわけですもの。いくらお客様が入っても、必ず赤字なんです」

なるほど、そんなものなのか、と片山は感心した。——それでも、こうして演劇をやっているのだ。本当に好きなのだ、というしかあるまい。

「じゃ、よくこんなパーティを」

「ええ。パトロンがいますの、うちには」

「パトロン？」

「そうです。赤字分を快く出して、しかも、こんなパーティまで開いてくれる人が」

「へえ。じゃ、よほど、その人もお芝居が好きなんですね」

「いいえ」

「しかし、現に——」

「その人の目当ては私です」

と、ゆかりは言った。

「あなた？」

「ええ。私がそのパトロンに何回か抱かれてあげると、その人はお金を出してくれるんです」

片山が、唖然《あぜん》としている顔を見ていたゆかりは、吹き出してしまった。

「ごめんなさい！　本気にしたんですか？」

「ああ、びっくりした」

片山は息をついて、「だって、いかにも本当らしく言うから」

「そりゃ、芝居の人間ですもの」

と、ケロリとしている。

「実際のところは、どうなんです?」

「パトロンはいますわ」

と、ゆかりは肯《うなず》いて、「でも、私が頼むと、仕方なくお金を出してくれます」

「誰なんです、その人?」

ゆかりが、それに答えようとした時だった。

「ゆかり!」

と、鋭い声が飛んで来た。

片山もギョッとしたが、パーティ会場にいた人間——もう、多くはなかったが——は、みんな一瞬目が覚めたようだ。石津ですら、食べる手を、ちょっと止めたのだった。

ゆかりは振り向くと、

「お兄さん!」

と、目をみはった。

やって来たのは、もう四十代も半ばかと思えるような、少し髪の白くなった男だった。いかにも神経質そうに見えるのは、不健康にやせた印象のせいなのか、それとも、こんな場所には似つかわしくない、きちんとした背広姿だったせいだろうか……。

「来てたの?」

「何をしてるんだ？」

と、その男は、ジロッと片山をにらんだ。

「ただ、話をしてただけよ」

と、ゆかりは言いながら、無理に笑顔を作っていた。「あの——片山さん。今度のお芝居に出ていただいた晴美さんのお兄さん」

「片山です」

と、頭を下げたが、相手は全く無視して、

「帰るぞ」

と、ゆかりの腕をつかんだ。

「お兄さん——」

ゆかりが何か言いかけて、口を閉じた。

「帰らないのか？」

「帰るわ。——じゃみなさん、ご苦労様」

ゆかりが声をかけると、

「お疲れさま」

と、元気のない声が、いくつか返って来る。

矢坂ゆかりが、その男と会場を出て行くと、たちまち、会場の中がざわついた。

「——おい、何だ、あれは？」

と、片山は、やって来た晴美に言った。

「矢坂聖一《せいいち》、ゆかりさんの兄さんなの」

「ふーん。ずいぶん横柄な奴だな」

「妹を溺愛《できあい》してててね、男を寄せつけないのよ」

「へえ」

「でも、当人は大金持。——ちょっとした変人でね」

「ちょっとどころか、相当だ」

「ゆかりさんも逆らえないのよ。何しろ、この劇団をお金の面で支えているのが、あの人だから」

「じゃ、あれがパトロン？」

「そう」

と、晴美は肯いて、「どう？　何か気付かない？」

「何に？」

「鈍いのねえ」

と、晴美がため息をつくと、ホームズもニャーと鳴いた。

「あ、そうか」

片山は、やっと分った。「今夜の芝居とそっくりだ」

「そう、ゆかりさんも、いつか、お兄さんとの〈絆〉を切らなきゃ、とは思ってるみたい。でも、難しいのよね」

「全くです」

と、いつの間にやら、石津までがそばに来ている。「妹を愛する余り、不幸にする兄、ってのは困ったもんです」

片山はジロリと石津をにらんで、

「おい、何だそれは？　お前、俺《おれ》が晴美を不幸にしている、とでも言いたいのか？」

「いえとんでもない！」

「怪しいもんだな。――俺は、そんな分らず屋とは違う」

こっちの方が、妹のせいで不幸にされてるようなもんだ、と片山は思ったが、さすがに口には出さなかった。

「ニャオ」

ホームズが、片山の気持を察したのか、慰めるように、鳴いた――。

1

〈城〉は、そこにあった。

片山たちは、しばしポカンとして、現実のものとは思えない、その光景に見入っていた。

「——本当だわ」

と、晴美が言った。

「城だ」

と、片山が言った。「本物の城だ」

「ニャーオ」

「家賃は高いでしょうね」

と、石津が言った。

——初め、招待状が来た時、片山は、てっきり、どこかのマンションのことだと思った。

それはそうだろう。誰が本物の〈城〉に住んでいると思うものか。

「例の〈シャトー〉何とか、というマンションだぜ」

と、晴美に言ったものだ。

ただ、それにしては場所がおかしい。住所を見ても、およそ高級マンションの建つような場所ではないのである。

ともかく非番の日でもあり、行ってみるか、ということにはなったのだが……。

「まさか、本物のお城なんて！」

と、思わず晴美がため息をついた。

城までは、大分《だいぶ》あった。海岸から、低い土手の道が真直《まっす》ぐにのびていて、その先が小高い丘のように盛り上っている。そして、その丘の頂《いただき》に、城があった。

「ともかく、行ってみましょ」

晴美は、驚きからさめて、今度は好奇心一杯の様子で、先頭に立って歩き出した。

ハイキングだね、ちょっとした、と片山は思った。——何しろ、列車を降りて散々歩き、やっと海岸へ出て、また優に一キロ近くも歩かなくてはならないのだ。

「やれやれ……」

見えてはいるものの、その城は、一向に近くならないように感じられた。

明るい、春の陽射しが、やがて強い初夏のそれに変るころだ。昼下りの光の中で、その石造りの黒々とした城は、何だか、遊園地のアトラクションみたいにも見えたのだったが……。

そう見えたのは、その城が、いわゆる日本風のお城でなく、あくまで西洋風の、騎士物語に出て来るような城だったからで——ということは、本当に古い城がこんな所にあるわけはないから、当然、それらしく作られたものだということになる。

作りものとすれば、大した「屋敷」だ。

「――何だか海の中を歩いてるみたいですね」

と、石津が言った。

「全くだ。やっぱり、あの矢坂ってのは変ってるんだよ」

あの城の持主――城主は、あの矢坂聖一である。

「しっ！」

と、先頭を歩いていた晴美が振り向いて、「そんなこと、ゆかりさんの前で言っちゃだめよ。色々あっても、ゆかりさんにとって、あのお兄さんは唯一の肉親なんだから」

「分ってるよ」

――あの芝居の打上げパーティから、半月ほどたっていた。

晴美は、女優になることもなく、ＯＬ生活を続けている。もちろん、誘いがあれば、いつでも「乗る」気ではいるらしいが。

「あら、ゆかりさんだわ」

と、晴美が言った。

城は、大分近付いて来ていて、小さく開いた窓も目に入るようになった。そこから手を振っているのは、矢坂ゆかりである。

片山は、何となくホッとした。――妙なことだが、何だかこの城に、人間がいると分って、安心したのである。

何だか——そこは生きた人間がいる所ではないように見えたからだ。

「どうも、先日は失礼しました」

と、矢坂聖一は、あのパーティ会場とは打って変って、上機嫌だった。

「お兄さんたら、いつもこうなの」

と、ゆかりがからかう。「私と話をしてる男は、みんな私を狙《ねら》っている、と見えるらしいのね。だから、まず先祖代々の敵みたいににらみつける。そして二、三日すると、後悔するのよ」

「そういじめるな」

と、矢坂聖一は苦笑して、「まあ、どうか許して下さい」

「いえ、どういたしまして」

と、片山は言った。

他に言いようもあるまい。しかし、何となく片山は落ちつかなかった。

「今日はね、あのお芝居の主だったメンバーも来てくれることになってるのよ」

と、ゆかりが言った。

「まあ、楽しみだわ！」

晴美は手を打って喜んでいる。

――広い客間である。

ここだけで、片山たちのアパートよりずっと広いだろう。外見の、武骨な印象とは違って、中は極めて快適な居間として作られている。

ただ、装飾などは、いかにも中世風に、鉄の鎧《よろい》が立っていたり、壁には斧や剣が交差させてあったり、本当に古い物を揃えてあるようだ。

矢坂聖一は、先日のビジネスマン風のスーツ姿とは違い、きちんとしてはいるが、英国貴族が寛《くつろ》いでいる、といった印象で、スエード皮の上衣《うわぎ》を着込み、ゆったりとソファに身を委《ゆだ》ねていた。――その姿が、いかにもさまになっているところは、昨日今日の成金ではないことを感じさせている。

片山も、アルコールがだめなのを断るまでもなく、ちゃんとジュースを出され、石津の方は、小さなサンドイッチで、取りあえずは満足していた。ホームズも、本格的スープ皿に、ほどよく冷えた（?）ミルクをもらって味わっている。

何とも快適そのものの状況なのだが、しかし、片山は何だか落ちつかなかったのだ。

理由は分らない。ありふれた言い方ながらただの「直感」としか言えないのだが、どうも何か起りそうな気がする。

そう。――どこか不自然なのだ。無理がある。これだけの城、その住人。そして、装飾……。すべてがピタリとおさまっているが、おさまり過ぎているが故《ゆえ》の、不自然さ。人工的な印象……。

その漠然とした印象が、はっきり形を取って見えて来ない苛立《いらだ》ちを、片山は覚えていたのだ。

「すばらしい城ですね」

と、片山は、ともかく何か話をしようと思って、言ってみた。

こういう場合、あまり相手をけなすわけにはいかないものである。

「まあ、金をかければ、誰にだってできますよ」

と、矢坂は、ごく当り前のことを言った。

「幸い、私の場合、親から財産をもらっていますのでね」

「はあ」

「ちょっとやそっとじゃ使い切れないほどです。しかし——」

と、ゆっくり首を振って、「退屈なもんですよ、金なんてものは、結局」

この言葉に、心から同意する人間というのは、そういないだろう。

しかし、矢坂の言い方は、照れでも何でもない、至って正直な感想に聞こえた。

「あら」

と、ゆかりが窓辺に立つと、「他の人たちも来たみたい」

片山は、晴美の後からついて、その窓辺に歩いて行った。

砂地に一本、太い線を引いたように見えているのが、片山たちの歩いて来た道である。今、その道を、車が一台走って来ていた。

七、八人は乗れるワゴン車である。

「今夜はゆっくり泊って行ってね」

と、ゆかりが言った。

「ええ。ぜひ。――こんなお城に泊るなんて、夢みたい！」

片山は、大した考えもなしに、

「悪夢でなきゃいいけどな」

と言って、晴美につつかれた。

「ニャー」

ホームズが足下《あしもと》で鳴く。その声は、珍しく片山の意見に賛成しているように響いたのだった。

片山は、海の方へ目をやった。

風が出ていた。雲が走っている。まだ、青空を隠すところまではいっていないが、しかし、確実に、かなりのスピードで、黒い雲は空にマントのように広がりつつあった。

「荒れ模様だな」

と、片山が言うと、

「全くですね」

すぐ後ろで声がしたので、片山はビクッとした。いつの間に、矢坂がそこへ来ていたのか、全然気付かなかったのである。

「今夜は、多少荒れるかもしれませんよ」

と、矢坂は言った……。


実際は、グラスが砕けるまで、平穏な夜だった。

その時、みんなは、既に夕食も終り、あの広い客間に集まって、ごく自然に分れた、いくつかのグループで、談笑していた。——いいムードだった。

アルコールは入っていても、馬鹿騒ぎにならず、素面《しらふ》でいる者も、しらけて黙るのではなく、話に加わって楽しんでいたのである。

ついでながら、付け加えると、夕食も大変にすばらしいものだった。

「私が作ったんだから、味の方は保証しないわよ」

と、ゆかりが冗談めかして言っていたのだが、どうしてなかなか、いい味だった。量の方もかなり余分に作ってあって、石津を感激させた。

夕食後の、この寛ぎが至って気のおけないものになったのは、「パトロン」の矢坂が、食

事の後、

「ちょっと仕事があるので」

と、姿を消したせいもあったかもしれない。

やはり、金を出している人間というのは、いてくれなくては困るが、いつも目の前にいられると、少々煩《わずらわ》しいものなのだ。

「――聞いてくれ！」

と、誰かが大声で言った。

少々眠くなって、ぼんやりとソファに座っていた片山は、その声でハッと目を開いた。

「どうしたの、宇田川《うだがわ》さん」

と、水田真子が笑いながら、『ハムレット』のモノローグでも始めるつもり？」

水田真子は、晴美の友だちで、例の芝居に晴美を引張《ひっぱ》り出した張本人である。少々太り気味だが、よく動くし、活発で、舞台では目立つ女の子だった。

「そうじゃないよ」

宇田川和人《かずと》は、ヒョイと身軽にテーブルの上に飛び乗った。

宇田川和人は、劇団の中では、「エース」である。あの芝居で、晴美の兄を演じたのが宇田川だ。

二十七、八というところか。あの役では、重苦しい、悩み続ける男を演じていたのに、こうして実物を見ると、いかにも身の軽い、若々しさが飛び散るばかりの青年なので、片山はびっくりした。

これが役者というものなのだろう。

「この間の舞台を、ある演劇プロデューサーが見ていてね。僕はちょっと知ってる人なんだけど、その人が、あれをぜひ大劇場へかけたい、って言うんだ」

と、宇田川が言うと、一斉に、

「エーッ！」

「本当なの？」

と、声が上る。

一斉に、とは言っても、ここにいるのは、宇田川、水田真子の他には、劇団の研究生というべき、若い女の子たち、四人である。舞台には出ても、ほとんどセリフのない端役《はやく》ばかりだ。

「凄《すご》いじゃない！」

と言ったのは、矢坂ゆかりだった。「それ本当？」

「もちろん！」

宇田川は得意満面である。「仲間に相談してみます、と僕は答えたんだ。——さて、どうする？」

「いいじゃないの。やるべきだわ」

と、研究生の女の子の一人が言った。

「そうよ！」

「だけど――」

と、ふと気付いたように言ったのは、水田真子だ。「商業ベースに乗せるとなると、私たちなんか、出番はないんじゃない？」

「それもそうね」

と、ゆかりは苦笑して、「無名の演出家と役者じゃ、お客は来ないわ」

「その辺のことは、何て言ったの？」

と、ゆかりが訊くと、宇田川はテーブルからピョンと飛び下りて、

「もちろん、この仲間が出るんでなきゃ、断るさ」

と、言った。「僕らはスターになりたいわけじゃない。芝居が好きで、やっていたいだけなんだから」

――ちょっと沈黙があった。

なかなかカッコイイ発言だな、と片山は思った。

しかし、「カッコよくない」片山としては、あまりカッコイイことを言う人間を見ると、ついうさんくさく思えてしまうのである。

宇田川和人には、一種独特の雰囲気がある。片山のような素人目にも、この男は、「スター」になれるかもしれない、と思えた。

「いけないわ」

と、水田真子が言った。「話を進めるべきよ」

「そうよ」

と、ゆかりが肯く。

「どういうことだい？」

「向うは、きっとあなたを使いたがってるんだわ」

と、ゆかりは言った。「だったら出るべきよ。あなたはいつまでもうちにいる人じゃないわ」

研究生の女の子たちも肯き合っている。

「――おい、待ってくれよ」

と、宇田川は顔をしかめて、「僕はごめんだよ。あの芝居は僕ら全員で、台本の段階から練り上げたものだ。あれは僕らのものだよ。僕のものじゃない」

「せっかく、私たちの中から、スターが出る可能性があるっていうのに」

と、水田真子が、宇田川の肩に手をかけて、「それを逃すべきじゃないわ」

「しかし……」

「いいじゃない。ためらうことないわ」

ゆかりは、ウィスキーのグラスをあげた。

「——応援するわよ」

「そうよ！　頑張れ！」

「頑張れ！」

研究生の女の子たちがワッと手を叩く。

戸惑い顔だった宇田川が、やがて頬を赤く染めて、

「じゃ……本当にそう思ってくれるのか？　君たち……」

と、みんなの顔を見回した。

「そうよ！　スターになって、私を共演者に引張り出してよ」

と、水田真子が、宇田川の腕をギュッとつかんだ。

「——ありがとう」

宇田川が、ゆっくりと息をついて、「もし……もし、僕がうまくやれたら、それは君たちのおかげだ」

拍手が起った。

いつの間にやら、晴美が片山のそばに来ている。

「感動的ね」

と、晴美が言った。

「そうだな」

晴美の言い方も、さ、め、て、いる。——そう。どことなく、この光景には、不自然なところがある……。

拍手がおさまると、宇田川は再び口を開いて、

「約束するよ。僕は——」

彼が言葉を切ったのは、ただ一人、拍手を続けている人間がいたからだ。しかも、客間の入口の辺《あた》りで。

「お兄さん」

と、ゆかりが言った。

「いや、すばらしい」

と、矢坂が、やっと手をおろして、部屋へ入って来た。「全く、すばらしい演技だ。宇田川君。君はやはり天才かもしれない」

「どうも」

と、宇田川はやや不本意な表情で、「でも、これは演技じゃありませんよ」

「そうかな?」

矢坂は、自分のグラスにウィスキーを注ぐと、「君の言ったプロデューサーはね、僕の所

へもその話を持って来たよ」

と、宇田川を見た。

宇田川が、青ざめる。

「――聞いたよ。もう君は、契約したそうじゃないか」

戸惑いが客間に流れた。しかし、ゆかりと水田真子は、すぐに事情を察したらしかった。

「じゃ、宇田川さん、あなたは最初から、一人で出るつもりだったのね」

と、ゆかりは言った。

「じゃ、今のは？」

と、研究生の女の子が訊く。

「ただの猿芝居さ」

と、矢坂が言って笑った。「君らに恨《うら》まれないように、わざと、こうして感動的シーンを演出して見せたわけだ」

矢坂はぐいとグラスをあけると、

「では、諸君、おやすみ」

と、言った。「すばらしい仲間たち！」

矢坂が出て行く。

宇田川が、

「畜生！」

と、叫ぶように言うと、矢坂の残したグラスをつかんで、ドアの方へと投げつけた。グラスは、ドアのすぐわきの壁にぶつかって、砕けた。

——気まずい沈黙があった。

「帰ろう」

と、水田真子が言った。「晴美、どうする？」

「ここに泊るわ」

「そう。——みんなは？」

と、真子が、研究生の女の子たちの方へ声をかけると、四人は顔を見合せてから、

「——帰ります」

「じゃ、行こうよ。車なら、私、運転できるから」

「だめよ」

と、ゆかりが言った。

「だって、何だか、すっかりしらけちゃって——」

「そうじゃないの」

と、ゆかりは首を振った。「帰れないわよ、今は」

「どうして？」

「道がないもの」

水田真子は、いぶかしげな顔をして、窓の方へ歩いて行って、外を覗《のぞ》くと、

「――どうなってるの？」

と、声を上げた。

晴美も駆け寄って、表を見て、目を丸くした。

そこには、道はなかった。

ただ、一面の海になってしまっている。

「潮が満ちると、あの道はなくなるの」

と、ゆかりが言った。「ここは、だから今は離れ小島よ。車でも歩いても帰れないわ。――唯一の方法は泳ぐこと。でも……」

外の様子を見て、

「今日は風が強いし、波が高いわ。まず無理でしょうね」

――片山は、いやな予感がした。

もちろん、具体的な根拠はない。ただ、何か起りそうな、いやな予感が……。

片山はホームズを見た。ホームズの方も、片山を見上げていた。

「頼むぜ」

と、片山は、呟《つぶや》いた。「どうか、何も起きませんように！」

2

石津刑事は、その物音に、ふと目覚めて、起き上った。

——誤植ではない。確かに石津が、起き上ったのである。

しかし、片山やホームズが眠っているというのに、石津が何かの物音で目を覚ますということがあるのだろうか？

何といっても、石津も刑事である（忘れている読者もあるかもしれないが）。やはり、いざ、という時には、全身の神経を張りつめて……。

ググーッ。

そうか。——石津は肯いた。

腹が空《す》いて、グーッと鳴ったのだった。

これでは、片山が起きなかったのも、当り前だった。

グーッ。

「困ったな」

と、石津は呟いた。

薄暗い中で、腕時計を見ると、まだ午前二時。朝食までには、五時間はある、と思わなくてはならない。

グーッ。

石津は、その豊富な体験から、一旦こうして腹が鳴り出すと、何か食べる物を入れてやらないことには、おとなしくならないのだと知っていた。

自分のアパートなら、常に買い置きのあるカップラーメン（ただし、一個では足らないが）とか、冷凍食品で、取りあえず朝まではもたせることができる。

しかし、よその家となると……。

大体、こんな所に、カップラーメンがあるだろうか？

あったとしても、他人のものを勝手に食べるというのは、やはり刑事という立場上、うまくない。石津としても、悩むところだった。

ググーッ。

「こりゃいかん」

石津は、起き出して、服を着た。

このままでは、この城にいる人をみんな、この音で起こしてしまうかもしれない（まさか！）。それを防ぐためにも、何か食べるものを見付けるのだ。

そうだ。——これは自分のためではない。みんなの平和のためなのだ！

やっと良心をしずめてやると、石津は、そっと寝室を出た。

さすがに「城」だけあって、客用の寝室が上の方の階にはズラッと並んでいる。

片山と石津、プラス、ホームズで一部屋、晴美と水田真子が一部屋を使って、もう一つの小さい部屋で、宇田川和人が寝ているはずだった。

この下の階には、矢坂聖一と、ゆかりの部屋がある。

研究生の女の子たち四人は、あの客間に、一緒に寝ていた。

石津は、他の人を起こさないよう、用心しながら——といっても、実際には、造りがしっかりしているから、物音はドアを通してはほとんど聞こえないのだが——廊下を階段へと歩いて行った。

何しろ、自分のアパートでは、歩く度に、床がミシミシ鳴るので、ついそのくせが出てしまう。

階段を二階分下って行くと、あの客間と同じ階に出る。

ええと……。台所はどっちだっけ？

石津は、目が覚めたとはいえ、半分寝ぼけている。加えて、方向感覚にも自信がないこと、片山といい勝負だ。

「確か……こっちだな」

と、フラフラ歩いて行くと——。

「キャッ！」

誰かとぶつかりそうになって、飛び上る。

「どうも失礼！」

「あら」

と、その女の子——例の研究生の一人である。「あの刑事さんね」

「ど、どうも……。いや、ちょっと方向を——」

「フフフ」

と、女の子は忍び笑いして、「誰の所へ忍んで来たの？」

「は？」

「四人で毛布にくるまって寝てんのよ。あれじゃ、とてもだめよ」

「はあ」

「誰にご用？　呼んで来てあげる」

すっかり誤解されている。かつ、石津の方は相手がどう勘違いしているのか、分っていない。

「別に……誰というわけじゃ……」

「まあ！」

と、その女の子は目をみはって、「じゃ、誰でもいいってわけ？　ひどいもんね、今の刑事さんって」

「そうですか?」

「いいわ。じゃ、私がお付合《つきあ》いしてあげる」

と、ニッコリ笑って、「どこへ行く?」

「あの――台所は?」

「台所? ロマンチックじゃないわねえ」

石津としては、ロマンなど求めていないのである。

「いいわ! 現実的な設定ってのも、却《かえ》って、燃えるかも」

「燃える?」

「そう。じゃ、こっちよ」

「でも、台所には、たいてい消火器の用意が……」

――台所へ入って明りを点《つ》ける。

「広いわねえ」

と、その女の子は、首を振った。「私のアパートなんか、これよりよっぽど狭い!」

「そうですか」

「ねえ、あなた、何ていう名前だっけ? 私はね、スミ子《こ》」

「石津です」

「石津さんか。固そうね、いかにも」

と、そのスミ子という女の子は、台所の調理台の前の椅子《いす》に腰をかけた。「ねえ、スミ子、なんて何だか年寄りくさくない？　私、嫌いなの、この名前」

「そんなことありませんよ」

「そう？　——親切ね、あなた」

なかなか可愛《かわい》い子ではある。しかし、石津は、今、全く別のものを求めていた。

「——あった！」

と、石津は声を上げた。

「何が？」

「カップラーメンです」

「へえ！　こんなお城に？　面白《おもしろ》い！」

スミ子もやって来て、「ね、一緒《いっしょ》に食べようか。二つある？」

「沢山《たくさん》ありますよ」

「じゃ、お湯沸かそうっと」

いかに中世の古城の造りでも、台所は最新式である。スミ子がヤカンをガスの火にかけて、その間に、石津はラーメンのラップをはがし、中の具を入れて、準備を整える。

ま、その辺の詳しい描写は省略するが、ともかく数分後には、めでたく石津とスミ子は結ばれて——いや、とんでもない！　仲良くただカップラーメンを食べていたのである……。

「ねえ、石津さん」

と、スミ子が、ラーメンをフーフーさまして食べながら、言った。「今、三階から、下りて来たんでしょ?」

「ええ」

「誰かに会わなかった?」

「会いましたよ。あなたに」

「そうじゃなくて」

スミ子は、クスクス笑いながら、「二階にさ、ゆかりさんの部屋があるでしょ」

「ええ」

「そこから、何か聞こえなかった?」

「ラジオでもかけてるんですか?」

「違うわよ!　ゆかりさんの部屋を、誰か訪問してなかったか、ってこと」

「誰?」

「宇田川さんよ」

「さあ。——どうですかね」

石津は、専《もっぱ》ら、目の前のラーメンにしか、興味がない。

「じゃ、逆かなあ。ゆかりさんが、宇田川さんの部屋へ行ってるか……。ま、きっとどっちかね」

と、一人で納得すると、「これをさっさと食べちゃいましょ」

小柄ながら、食べるスピードはかなりのもので、石津とほぼ同時に食べ終った。

「私、片付けてあげる」

「や、すみません」

石津は、ホッと息をついた。

本当のところは、満足とはいかない。しかし、いくら石津でも、他人の台所で、カップラーメンを二つも三つも食べることは、避けるべきである、と考えたのである。

スミ子は、手早くラーメンの器を洗って、くずかごへ入れて手を洗うと、

「さて、と。――これで腹ごしらえはできたわね」

「そうですね」

「じゃ、どこにする？　この調理台の上？　床じゃ冷たいものね」

「は？」

「なかなか面白いかもよ」

スミ子は、いたずらっぽく笑うと、Tシャツをサッサと脱いだ。――石津も、やっと事情を理解した！

「あ、あの――僕はそういうつもりでは――」

「え？　だって――」

上半身裸になったスミ子はキョトンとして石津を眺めている。

「いえ、やはり、こういうことは道徳上、よろしくありません」

石津は、ピッと背筋を伸ばして、「おやすみなさい」

と、頭を下げ、急いで台所から出て行った。

「――何よ、一体？」

スミ子は、ポカンとして突っ立っていたが、やがて、「馬鹿らしい！」

と呟くと、またTシャツを頭からかぶった。

「ただラーメン食べに来たのか！」

スミ子は、しかし、腹を立てるより、おかしくなって笑ってしまった。

あの人、なかなか素朴でいいわ。

じゃ、寝るか……。ま、男なしでも、寝られないこともないけどね。

肩をすくめて、スミ子が台所を出る。

「あ、そうだ」

明りを消して、と。

スミ子は、振り向いて明りを消した。そして、向き直り、客間へ戻ろうとしたが――。

目の前に、突然、誰かが立って、スミ子は思わず、声を立てそうになった。

石津が待っていたのか、とチラッと思ったのだが、そうではなかった。

その人影は、スミ子に、いきなりのしかかるように襲いかかって来たのだ。

スミ子は床へ押し倒された。声を上げることも、できなかった……。


何てことだ！

石津は、階段を上りながら、胸を押えていた。――まだ心臓がドキドキする。

とんでもない話だ。もし、こんなことが晴美さんに知れたら……。

「だめだ！」

と、首を振って、思わず呟く。

いや、実際には何もなかったんだから、良かったようなものだが、万が一にも、そんな所を誰かに見られでもしたら……。

今さらのように、石津は身震いするのだった。

やれやれ。――さっさとベッドへ戻って眠っちまおう。

石津は、三階に当るフロアへ上って、廊下を歩き出した。

――誰かがいる。

石津は、背後の足音に気付いて、振り向こうとした。

危険は、全く感じなかった。

ガン、と後頭部に一撃を食らって、石津はそのまま、廊下へ突っ伏すように倒れ、気を失ったのだった……。


「ニャー……」

あら？　――晴美は、目を開いた。

ベッドに起き上って、耳を澄ます。

「どうしたの？」

隣のベッドから、真子の声。

「あ、ごめん、起こしちゃった？」

「いいのよ」

真子も起き上って、「どうせ、いつも夜遅いじゃない。だから、なかなか眠れないのよ」

「いえ――今、猫の声がしたようだったから……」

「おたくの三毛ちゃんじゃないの？」

「うん。もしかしたら――」

と、そこへまた、

「ニャー」

「やっぱりだわ」

晴美は、ベッドから出て、「明り、点けるわよ」

「うん、どうぞ」

明りを点けて、ドアを開けると、ホームズがチョコンと座っている。

「どうしたの？　やっぱり男同士の部屋じゃ、寝られないんでしょ」

「ニャー」

ホームズは、しかし、部屋の中へ入って来ようとはしなかった。階段の方へ行きたがる。

「どうしたの？　――トイレ？」

「ニャーッ！」

「分ったわよ。そう怒らないで」

晴美は、目をこすって、「人間はね、あんたみたいにパッと目が覚めないのよ」

「面白いわねえ、晴美のとこって」

と、真子が笑っている。

晴美は、急いでスカートをはき、ブラウスを着ると、廊下へ出た。

「階段に何かあるの？」

と言うと、ホームズが、ジロッとにらんで来る。「――失礼しました」

口をつぐんで、ホームズについて行く。

階段の所で足を止めると、下に人影が動いているのが見えた。

何かしら？

晴美は、身を低くして、下の様子をうかがった。

一階下は、矢坂聖一とゆかりの部屋があるはずだ。

「——どうかした？」

真子も出て来て、訊いた。

「しっ！　頭を下げて！」

と、晴美があわてて言った。

「え？」

真子はキョトンとしている。

まあ、こういう状況に関しては、素人である。とっさに対応できなくても仕方あるまい。

「おい、晴美か？」

と、下の人影が言った。

「何だ、お兄さんなの」

と、晴美がため息をついて、「がっかりした！」

「悪かったな」

片山が階段を上って来る。

「何してんの？」

「いや、ホームズの奴がニャーニャー騒ぐもんだから。——それに石津も姿が見えないんだよ」

「石津さんが？」

「うん。下の階を見たけど、別にどうってこともないし……」

「でも、変ね、石津さんがいない、なんて」

「あいつのことだ。心配いらないさ」

と、片山は欠伸《あくび》をして、言った。

「でも、それなら、ホームズが、私を起こしたりしないわ」

「うん、そうか。だけど……」

真子が、好奇心一杯の様子で、

「あの大きい刑事さん？　客間を訪問してるんじゃない？」

と言った。

「客間って？」

「研究生のピチピチしたのが四人も寝てるんだもん」

と、真子はニヤリと笑って、「あの人、独身でしょ？　だったら、四人全部の相手をしても——」

「やめてよ」

と、晴美はふてくされた。「あの人は、そんなことしないわ」

「あら」

と、真子、意外そうである。「じゃ、晴美あの人と……？」

「そうじゃないけど――」

「でも、かなりむきになってたよ」

「冷やかさないでよ。ただ、仕事で付合ってるだけだから……」

「そう？　でも今の言い方、はっきり、気がある、って風だったなあ」

「ニャン！」

ホームズが苛々《いらいら》したように鳴いた。

「おい、石津のことだ、きっと腹が空いて、何か食べに行ったんだよ」

片山の名推理である。

「あ、そうか。じゃ、台所、覗いてみた？」

「いや」

「どうして？」

「そりゃあ……」

と、片山が言い淀《よど》む。

「あ、そうか」

女の子が四人も寝ている所へ、間違って入って行ったら、それこそ卒倒してしまうかもしれない。

「じゃ、行ってみましょうか」

――かくて、片山、晴美にホームズと、ついでに、くっついて来た真子、ゾロゾロと階段を下りて行く。

「確か、こっちよ」

と、晴美は歩いて行った。

台所へ来て、晴美は、明りを点けた。

「石津さん、きっとここに――」

言葉が途切れた。誰しも、呆然《ぼうぜん》として、動けなかった。

台所の床に倒れているのは、若い娘だ。

「スミ子だわ」

と、真子が上ずった声を出す。

片山は、大きく息をついた。――刑事だぞお前は。しっかりしろ！

「スミ子さん……？」

と、晴美が言った。

「ええ。研究生の中じゃ、一番朗らかだったのよ。――この間の舞台は、出ていなかったった。

けど」

過去形で語るしかない。それは、誰の目にも明らかだった。

片山は、歩いて行って、かがみ込むと、まくり上げられたTシャツを、そっとおろしてやった。

「お兄さん。――死んでる？」

「うん。首を絞めたんだな」

「何かかけてあげて」

「私、シーツ、持って来る！」

「お願い」

真子が駆けて行った。

片山は、ため息をついた。

「何か起らなきゃいいと思ってたんだ」

「――でも、誰が？」

「さあね」

片山は首を振った。

スミ子は、下半身をむき出しにされていた。誰かに乱暴され、絞め殺されたのだ。

「石津さん、どこかしら？」

晴美はふと気付いた。

「さあ。大丈夫さ、あいつは。それより、警察へ連絡しなきゃ」

「そうね」

晴美は肯いた。

「電話は？」

「あるのかしら？　――じゃ、ゆかりさんを起こして、訊いてみるわ」

「そうしてくれ」

晴美が、ゆかりの部屋へと階段を上って行く。入れ違いに真子が白いシーツを手に戻って来た。

「これでいい？」

「ありがとう。――そっとかけて。証拠が残ってるからね、きっと」

「怖いわ」

と、真子は、やっと恐怖が実感されたのか、青くなって、少し遠くへ離れた。

「大変なことになったな」

と、片山もいい加減青くなっている。

「刑事さんも怖いの？」

「もちろんさ」

と、片山は言った。「みんながみんなってわけじゃないけどね」

片山は、死体が取りあえずは見えなくなったので、少しホッとした。

しかし——一体誰がやったのだろう？

もちろん、犯人は男である。そうなると、ここにいる男は限られているのだ。

矢坂聖一、宇田川和人の二人。

そう。もちろん、片山もいるが、自分のことは分っている。

もちろん、もう一人、いるにはいるが——。

「お兄さん」

と、晴美が呼ぶ声がした。

「どうした？」

「ちょっと」

晴美が片山を手招きする。

片山は階段を上って行った。

「どうしたんだ？」

「それが……」

ゆかりが、廊下へ出て来た。

「何かあったの？」

「下で」

と、晴美は言った。「スミ子さんが殺されたの」

「何ですって？」

——ゆかりが階段を下りて行くと、

「こっちへ来て！」

晴美が片山を引張《ひっぱ》って行く。

「どうしたんだ？　何だよ、一体？」

「電話が、矢坂さんの所にあるって聞いたから、ドアをノックしたの。返事がないから、開けてみたら……」

晴美が、矢坂の寝室のドアを開けると——。

「やあ、ひどい目にあった！」

石津が、突っ立っている。

「——お前、何してるんだ？」

「片山さん！　それに晴美さんも」

「石津さん！　何があったの？」

「ご心配かけて、すみません。実にけしからん奴がいて、ぶん殴《なぐ》られたんです」

「殴られた？」

「ええ、廊下で」

片山と晴美は顔を見合せた。

「ここ、廊下じゃないわ。矢坂さんの寝室よ」

「え？」

石津はキョトンとして、「あれ、本当だ。——どうしたんだろ？」

「知るか！　矢坂は？」

「さあ、僕は——」

「石津さん」

と、晴美が言った。「後ろを見て」

片山も、首をのばして見た。

床に、矢坂が倒れている。胸には深々と、包丁らしいものが突き立っていた。

「——お兄さん、起きました？」

と、ゆかりがやって来た。

「ゆかりさん」

晴美が、ゆかりを押し止める。

「どうしたの？」

ゆかりの顔に、不安がきざした。

片山は、頭が混乱して、何が何だか、分らなくなって来た……。

3

嵐だった。

――夜は明け始めていて、潮は引いているはずだが、ともかく風と雨で、あの道は全く顔も出していない。

「――電話、通じません」

と、ゆかりが客間へ入って来て、言った。「変だわ。故障みたい」

「困ったね。これじゃ、どうにもならない」

片山は、窓から外を眺めて言った。

みんな、起き出して、客間へ集まっている。

――もちろん、誰もが押し黙って、口を開かない。

「いいのかい？」

と、言い出したのは、宇田川だった。

「何が？」

と、ゆかりが振り向く。

「犯人さ！　放っといていいのか？」

「放っときゃしませんよ」

と、片山は言った。「犯人が分ればね」

「分り切ってるじゃないか」

と、宇田川は言い返した。「その図体《ずうたい》のでかい刑事だ」

隅の方におとなしく座っていた石津が、ギクリとした様子で顔を伏せた。

晴美が、スッとソファから立ち上ると、宇田川の方へ歩いて行った。

「ど、どうしたんだ？」

と、宇田川が少し身をそらす。

「もう一度言ってごらんなさい」

と、晴美は言った。「その窓から叩《たた》き出してやるから！」

「おい、落ちつけ」

と、片山は言った。「今は、ともかく警察と連絡を取ることだ」

——しかし、片山とて、客観的に見れば、石津が疑われても仕方ない立場にあることは分っている。

石津がスミ子に乱暴して殺し、そこを矢坂に見られて、寝室まで追いかけて殺したとすれば……。そして、その時、矢坂は、刺されながら、何かで石津の頭を殴って気絶させた……。

そう思われても、やむを得ない。

しかし、片山たちは、それが事実でないことを知っている。

もちろん、法廷に出せる証拠ではないが、何より確かな証拠――信頼である。

石津にそんな真似《まね》ができっこないことぐらい、片山も晴美も分っている。しかし、そうなると残っている男は、宇田川だけなのである。

「いつになったら、あそこを渡れるかなあ」

と、片山は言った。

「この天気では、ちょっと無理ですわ」

と、ゆかりは言った。

兄を失っても、割合にしっかりとしているのは、やはり、仕事を持つ女性の強さなのだろうか。

「この嵐がおさまるのを待つしかない」

と、片山は言った。「みんな、各自の部屋へ戻っていて下さい」

「分りました」

ゆかりが、真先《まつさき》に立ち上って、客間を出て行く。続いて、宇田川も。

「私は？」

と、真子が訊いた。

「悪いけど、部屋にいてちょうだい」

と晴美は言った。

「うん、分った」

と、真子は気を悪くした様子もなかった。

「君たちも、一緒にいてくれないか、水田君と」

片山が、三人の研究生に言うと、三人ともホッとした様子で、すぐに言われた通り、真子と一緒に客間を出て行った。

「やれやれ……」

片山は、首を振った。「参ったな」

「すみません」

と、石津が、しょげている。「僕がカップラーメンを食べたばっかりに……」

「いいのよ」

晴美が、石津の肩に手をかける。「石津さんのせいじゃないわ」

「ニャー」

ホームズも、石津を励ますように（本当は冷やかしているのかもしれない）、やさしく鳴いた。

「皆さん、やさしい人たちばかりで……」

石津は、感激の余り、涙ぐんでいる。「僕は幸せです」

「ニャー」

人たちというと、こっちは入らないの？

ホームズは、どうやらそう言いたいらしかった。――しかし、猫恐怖症の石津をして、ここまで感激させるというのは、ホームズも並の猫ではなくなって来た、ということかもしれない。

「ギャー」

ホームズが、少し声の調子を変えて鳴いた。

「そうよ」

と、晴美が言った。「ホームズの言う通りだわ」

「何だ、突然？」

「こうしてボンヤリしてても仕方ないじゃないの。どうせこの嵐が過ぎるまでは、身動き取れないんだし」

「だからって、どうするんだ？　もう一度寝るか」

「馬鹿ね」

「そうです」

石津が、大分元気を取り戻したようで、力強く言った。「まず、朝食にしませんか？」

——片山と晴美は、石津に関して心配する必要はもうなくなったと悟った……。

「——じゃ、スミ子さんがここで?」

晴美は、目の前の調理台を眺めながら、目を丸くした。

「そうなんです」

石津は、肯いたが、「でも信じて下さい! 僕は決してやましいことはしていません。晴美さんを裏切るくらいなら、この腕の一本や二本や三本、切り落とされた方がましです」

「お前、三本も腕があるのか?」

「お兄さん。からかうもんじゃないわ」

晴美が顔をしかめた。

三人は台所にいた。——もちろん、シーツをかぶせた死体は、そのままになっている。石津も、やっと落ちついて来て、昨夜の出来事を、片山たちに詳しく説明し始めたのだった。

「石津さんが、そんな誘惑にのる人じゃないことぐらい、分ってるわよ」

「ありがとうございます!」

石津がホッとした様子で、言った。

「しかし、ずいぶん乱れてるんだな。そんなに簡単に——?」

「あら、女の子によるわ。別にこの世界がどうっていうんじゃないわよ。劇団だって、人間の集まりですもの。色んな人がいるのよ」

「そりゃ分るけどな」

片山は首を振って、「で、石津、お前はそれからどうしたんだ?」

「はあ。断固として誘惑を退けて、階段を上って行きました」

「で、どこで殴られた?」

「廊下です」

「二階の?」

「いえ、その上です。——寝室のある階の」

「じゃ、一番上まで上ったの?」

晴美は、眉を寄せて、「そこで殴られたってわけ?」

「すみません」

「謝《あやま》ることないわ。でも——」

そうなると、石津を殴った人間は、一階下の、矢坂の寝室まで、石津を運んで行ったことになる。そう簡単なことじゃあるまい……。

「まあ、石津に罪をかぶせちまおうというのは分るけどな。しかし、なぜ、あの女の子まで……」

片山は、ふと、思い付いて、「おい、待てよ。スミ子を殺したのと、矢坂を殺したのが同じ人間とは限らない」

「私も、それを考えてたの」

晴美は肯いた。「もちろん、何か関連はあるのかもしれないけど、同じ犯人じゃないって可能性はあるわ」

「スミ子は、ただ殺されたわけじゃない。乱暴されてたんだからな」

片山は、ため息をついて、「すぐに鑑識が調べられたら、犯人のことが大体分るんだけどな」

「仕方ないじゃないの。この状況の中で、犯人を見付けるのが名探偵ってものよ」

俺は名探偵になんかならなくてもいい、と片山は思った。それよりは、平和に暮したいのだ。それなのに……。

「ニャー」

ホームズが、妙な声を出した。

「何だ?」

「ニャー」

ホームズが、何だか捉えどころのない鳴き方をしている。

ホームズの目は、布で覆った、床の上のスミ子の死体を見ていた。

「あれがどうかしたのか？」

片山は、その死体を見ながら、「別にどうってことは――」

そう。ただの死体――といっちゃおかしいが、そりゃ確かにめったにないことではあるにしても、今やただの死体で、こうやってじっとしていて、まあ、たまには少し動いたりも……。動いたりも？

「――お兄さん」

と、晴美が言った。

「うん……」

「私、目がどうかしたのかしら？」

白いシーツが、動いている。――ガサゴソと音がして、死体はゆっくりと起き上った……。

片山は、吸血鬼の城にでも入りこんじまったのか、と思った。ニンニクは？　十字架はどこだ？

ムックリと起き上ったそれは、自分の手で布をスルッと落とした。

晴美は、目を丸くした。

「――真子！」

水田真子が、目をパチクリさせながら、座っていたのである。

「私……どうしたんだろ？」

「どうした、って……。そんな所で何してたの？」

「よく分んないのよね。だって――」

真子は、白いシーツを眺めて、やっと自分がどういう状況に置かれていたのかを悟ったらしい。

「キャアッ！」

と、悲鳴を上げて、飛び上った。

「こっちもびっくりしたわよ」

と、晴美は言った。「上にいたんじゃなかったの？」

「一人で降りて来たの。喉《のど》が渇いちゃって。ここへ入りたくなかったけど、でも水を飲むには仕方ないでしょ？」

「それでどうして――」

「ここへ入ったら、後ろに誰かいるって感じがして……。振り向こうとしたら、お腹《なか》の辺りを殴られたらしいわ。――それっきり気を失っちゃって」

真子は、お腹の辺りを押えて、顔をしかめた。

「大丈夫なの？」

「うん。もう、大して痛くない。でも、いやだわ、こんな所に寝かされて！」

片山は、しかし、他のことを考えていた。

「おい。——で、死体はどこへ行ったんだい？」

「それもそうね」

晴美はキョロキョロ辺りを見回して、「その辺にはいないみたい」

まさか、散歩に出るわけもない。

「——どうなってるんだ？」

片山は、いい加減いやになって来た。


「——だめだ」

片山は、息をついた。

「見付からないわ」

晴美も首を振る。

「変ですねえ」

と、石津も息を弾ませている。

——三人して、城の中を、死体を捜して回っていたのである。

「どうしたの？」

と、声がした。

ゆかりが、階段を下りて来る。

「ちょっと捜し物でしてね」

と、片山は言った。

「そう。――もう朝の九時だわ。こんな時だけど、みんな何か食べたいだろうと思って、下りて来たの」

「そうですね」

石津が同意した。

「どうしたらいい？」

と、ゆかりは訊いた。「あの台所、使うのはまずいでしょ？」

片山と晴美は顔を見合せた。

「――構わないわよ」

と、晴美は言った。「もう死体はなくなってるし」

「なくなってる？」

「ちょっと出かけたらしくてね」

と、片山は真面目な顔で言った。

――ゆかりは、台所で、軽い食事を作りながら、話を聞いて、

「変な話ね」

と、首を振った。「死体を誰かが盗んだってことかしら？」

「理由は分りますよ」

と、片山が言った。「ああいう場合、死体には犯人を割り出す証拠が色々残りますからね。死体をどこかへ隠すか捨てるかすれば、その辺が分りにくくなる」

「そう。——でも、ここにいる男性って、あなたと石津さん、それに、宇田川さんだけだわ」

「分ってます」

片山は、考えこんで、「どこか、抜け道とか隠し部屋とか、ありませんか？」

「まさか」

と、ゆかりは苦笑した。「これは、古いお城じゃないんですもの。新しい建築です。私の知らないようなものはありませんわ」

それもそうだ、と片山は思った。

「さあ、できた、と。——ここじゃ、やっぱりあんまりいい気持しないでしょ。客間で食べましょうね」

「手伝います」

晴美が手伝って、客間に、ベーコンエッグや、サンドイッチを運ぶ。もちろん、石津も喜んで手伝った。

宇田川と、三人の研究生がやって来て、客間も、やっと少しにぎやかになった。

「――コーヒーでも」

と、ゆかりが注いでくれるのを、片山は、たちまち飲み干した。

「ニャー」

「あ、失礼。そちらにはミルクね」

ホームズも、あまりコーヒーは好まないらしいのである。

「相変らず、風が強いわね」

と、研究生の女の子の一人が、窓の所へ行って、外を見た。

「波は？」

と、晴美が訊く。

「高いわ。道は全然見えない」

「そう」

「――高いわね、ここ。落ちたら、怖い！」

そう。この城自体が、かなり高い丘の上に建っているから、この位置からだと、かなり海面は下になる。

「待てよ……」

と、片山は呟いた。

もし、死体を、この窓から投げ捨てたとしたら？　波にさらわれて、たぶんどこかへ流されてしまうだろう。

発見がずっと遅れたら、犯人を割り出すことは難しくなる。犯人が死体を盗み出したのは、そのためかもしれない。

「ちょっと、聞いて下さい」

と、ゆかりが言ったので、片山は、ふと我に返った。

ゆかりは、集まった顔ぶれを見渡して、

「私、みんなにお話ししておきたいことがあるの」

と、言った。「私、近々、宇田川さんと結婚します」

誰もが、しばらく口をきかなかった。

びっくりしているというのではなく、何と言ったものか、迷っているのだった。何といっても、兄を亡くしたばかりのゆかりに、

「おめでとう」

とは言いにくい。

晴美が、立ち上って、

「お幸せに」

と、言った。

ホッとしたように、研究生の子たちが、ワイワイ騒ぎ始めた。

4

「ある意味では、幸いだったわけだな」

と、片山は言った。

「何が?」

晴美は、客間のソファで、何やら考え込んでいたが、片山の言葉に顔を上げた。

「矢坂聖一が死んで、さ。生きてたら、きっと、宇田川と妹の結婚を許さなかっただろうさ」

「そうね。——何しろ、兄っていう生き物は口うるさいから」

片山は、咳払《せきばら》いして、

「ともかく、宇田川ってのは、スターになれるよ、きっと」

と、言った。

客間は、片山たちだけが残っていた。みんなはまた、上の部屋へ戻っている。

「でも、もともと、恋人同士だったんでしょう」

と、石津が言った。「あのスミ子ってのが言ってましたから」

「石津さん——」

晴美はびっくりして、「じゃ、あの子は、知ってたの？」

「ええ。みんな知ってるみたいでしたけど」

「すると……」

片山は、立ち上って、窓の方へ行った。

「何してんの？」

「いや。――死体をこの窓から下へ投げ捨てたんじゃないかと思ってな」

「それは私も考えたけど、でも、もう分りっこないわよ」

「そうかな？　今は潮がひいてる。波は来るが、浅いから、死体もそう簡単に流されないだろう」

「でも――」

「待てよ」

片山は、ホームズが眠そうな顔をしているのを見ながら、「石津は、三階で殴られた。どうしてだ？　――スミ子を殺した奴が、なぜわざわざ三階まで上って来るのか」

「ニャン」

いいぞ、とでもいうところだろう。

「そうね。石津さんの話だと、スミ子さんを台所へ残して、そのまま上って来て殴られた。つまり、犯人は、スミ子さんを殺す前に、石津さんを殴ったんだわ」

「そのわけは?」

「さあ……。でも、あの階にいたのは、お兄さんたちと私、それに真子……」

「一人でいたのは?」

「宇田川さんよ」

「そうだ! ——石津を殴ったのは、きっと矢坂ゆかりだよ」

「どうして?」

「矢坂ゆかりが、きっと彼の部屋へ来ていたんだ。逆に、宇田川が彼女の部屋へ行くのは危い。矢坂に見付かる恐れがあるからな」

「そうね。じゃ、彼女が、宇田川さんの部屋を出て、下へ戻ろうとしたところへ、石津さんが上って来た……。見られたら困る、と思ったのね」

「研究生の子たちは、知っていても黙っていてくれた。何しろ矢坂が金を出さなくなったら、やって行けないんだからな」

「でも石津さんに見られてはまずいと思って——」

「きっと、何か手近なもの、飾ってある花びんか何かで殴ったんだよ」

「でも、その後は?」

「ゆかりは下へ戻る。——しかし、矢坂は知ってたんだ、きっと」

「そうでしょうね。分らないわけがないわ」

「彼女の方も、兄がみんなの前で、例の契約のことをばらしてしまったので、怒っていただろう。二人は争いになる……」

「待ってよ」

と、晴美は言った。「じゃ、スミ子さんの方はどうなるの？」

「そうか。うまくつながらないな」

と、片山が首をひねった。

「もし、全然別の犯人だとしたら……。でも、変よ。そしたら、誰がスミ子さんに乱暴したの？」

「そうか。宇田川はゆかりと……」

「お兄さん、やったの？」

「よせよ！」

と、片山はむきになって言った。

「ニャー」

「面白がるなよ、人のことだと思って」

と、片山はにらんだ。「お前も何とか言え！」

「ニャー」

ホームズに、それ以外のことを言えといっても、無理な話である。

ホームズは、ヒョイと目を上へ向けた。

「何かありそうよ」

と、晴美は言った。「二階のこと？　――じゃ、三階？　――もっと上？」

「ニャン」

「でも――」

片山が、立ち上った。

「そうか！」

「どうしたの？」

「お前、芝居でどこへ逃げたんだ？」

「何の話？」

「あの芝居だよ！　お前、どこへ追いつめられたんだ？」

「城壁の上」

と晴美は言った。「そうね、そこは捜してなかったわ！」

「行ってみよう」

と、片山が腰を浮かす。

「待って！」

晴美は何か思い付いた様子で、「一人で行くわ」

と、言った。

「どうしてだ？」

「あのお芝居でも、一人だったから」

と、晴美は言った。

城壁の上へ出ると、風が猛烈に吹きつけて来て、晴美は、目を細くした。

風を遮るようなものが、周囲に一つもないのだから、当然だろう。

城壁に囲まれた狭い場所である。出口を捜すのに、大分苦労したが、何とかはね戸を見付けた。

「――何もないじゃないの」

と、晴美は一目で見渡せるその場所に、少々失望の目を向けた。

「ニャー」

ホームズは、こういう場所があまり得意ではない。しかし、無理をして（本人としては）ついて来てくれたのである。

「だって、死体なんて、そう小さくないわよ。どこかに隠すったって――」

ホームズが、トコトコと歩いて行って、胸壁《きょうへき》の前で足を止めた。

ロープが見える。胸壁に巻きつけてあるのだ。

晴美は、駆けて行って、そこから下を見下ろした。——ロープの先に、ビニールでくるんだ、大きなものがぶら下っている。

「あれだわ」

と、晴美は言った。「あれじゃ見付からないわね」

真下は、潮が満ちれば、海面である。時間が来るのを待って、ロープを切れば、それでいい。

「石津さんを呼んで来て、引張り上げましょう」

晴美は戻ろうとして、足を止めた。矢坂ゆかりが立っていたのだ。

「見付けたわね」

と、ゆかりは、静かに言った。

その声は、風に吹き飛ばされてしまいそうだ。

「あの子を殺したのは——」

「兄よ」

と、ゆかりは言った。

「お兄さん？」

「そう。兄は、私と宇田川さんのことを、知っていたわ」

ゆかりは肯いて、言った。「だから、私もここに泊る時には、決して宇田川さんの部屋へ行かなかった。でも、ゆうべは……」

「あの契約のこと？」

「そう。誰だって、契約するわよ、あんな話が来れば。でも、彼は、何とかみんなの気持を傷つけないように、って、ああして話をしたのに……。兄はぶちこわしたわ」

ゆかりは、息をついた。「あの後、私と兄は大喧嘩になったの。——私、堂々と、宇田川さんの部屋へ行ったわ。それを兄は見ていた……」

「じゃ、お兄さんは——」

「スミ子さんが、石津さんを誘っているのを見ていたのよ。私が宇田川さんに抱かれていると思うとカッとなって……」

「スミ子さんに襲いかかったのね」

「兄は、変に真面目な人だったから。——普通に誘えば、きっとスミ子さんは兄の言う通りになったのに……。乱暴するものだから、きっと抵抗して、その内に——」

「分るわ」

「私は、彼の部屋を出て、下へ下りたの。その時、石津さんに見られそうになって、殴ってしまったのよ」

「石頭だから、大丈夫」

と、晴美は請《う》け合った。

「下へ来ると、兄がぼんやりと突っ立っていて……。スミ子さんが死んでたのよ。私、びっくりして――」

ゆかりは、首を振った。「兄は、突然、台所を突っ切って、包丁をつかむと、胸に突き立てたの。止める間もなかった」

「じゃ――自殺?」

「我に返って、愕然《がくぜん》としたんだと思うわ」

「それで、あなたは?」

「宇田川さんを呼んで来て、どうしようか、と相談したの。兄が女の子を暴行して殺したなんて、もし世間に知れたら、宇田川さんのせっかくのチャンスもつぶれてしまう。――それで、石津さんのことを思い出して、ああいう状況を作り出したの」

「でも、いずれ分ってしまうわ」

「ええ。だから、何とかして、スミ子さんの死体を、しばらく見付からないようにしたい、と思ったのよ」

ゆかりは、ちょっと笑顔を見せて、「――結局、お兄さんからは逃げられないんだわ」

と、呟くように言った。

晴美は、その小さな声が耳に届いて、やっと、風が穏やかになりつつあるのに気付いた。

見下ろすと、海の中に、あの一本の道が、姿を見せている……。

エピローグ

幕が下りると、拍手が劇場を満たした。

「すばらしいわね！」

と、声があちこちから聞こえる。

「あの主役！　新人とは思えないね」

と、首を振っている男性もいる。

「——大成功じゃない」

と、晴美は言った。

「そうだな」

片山も拍手しながら、言った。

大劇場に、あの芝居がかかって、その初日である。

主役は、新人、宇田川和人……。

「ニャー」

ホームズも、満足の様子である。

事件は、それほど世間の注目を集めなかった。

ゆかりも、厳密に言えば、色々罪を犯してはいるのだが、片山には、それをいちいち告発する気もない。

宇田川の成功に、一番大きな力になったのは、ゆかりに違いないのだ。

——ロビーへ出ると、凄い人出で、しばらくやり過すことにする。

ボンヤリと立っていると、ゆかりが見付けてやって来た。

「片山さん！」

「やあ。おめでとう」

「どうも。——いかが？」

「傑作です」

と、石津が言ったので、何となくみんなが笑ってしまう。

「殴ったりして、ごめんなさい」

と、ゆかりは謝った。

「いや、誘惑されるより、ずっといいです」

「珍しい奴だな」

と、片山は言った。

「晴美さん、また舞台へ出ない？」

「まあ、私？」

「そう。あの劇団も、コツコツやって行くから。――兄がめちゃくちゃやったから、お金もそう残っていないけど、地道にならやって行けるわ」

「すてき！　じゃ、何の役を？」

「ご相談しましょうよ。――石津さんとか片山さんにもいい役があるわ。それにホームズにだって……」

片山は、逃げ出したくなった。

ホームズは、と見れば――。

こちらは、主役でなきゃ出ないよ、とでもいうように、胸を張っている。

「分ってるよ」

と、片山が声をかけると、

「ニャン」

と、ホームズが答えた。

三毛猫ホームズの通信簿

1

いつもなら――。

そう。いつもなら逆なのに、と玉木《たまき》リカは思った。

朝、学校へ行くときの足どりは、重い。途中の道で、知ってる友だちにも沢山《たくさん》会うから、一緒《いっしょ》に何とか学校まで行けるんだけど。

でも、帰りとなると――リカはほとんど駆けるようにして、同じ道を逆に辿《たど》って行く。

いつも通っているのに、不思議だ。行きと帰りで、どうしてこんなに同じ道が違って見えるんだろう？　でも、そんなこと、どうでもいいんだ。

ともかく、今日は学校が終って、明日までは学校へ行かなくていい。それだけで、リカの足は地につかないくらい軽くなる。

――いつもなら。

今日は……。今日は別だ。

帰り道だというのに、リカの足は朝以上に重く、のろのろとして、動くのを足が勝手にいやがってるみたいだった。

学校を出るときも、ほとんどの友だちはパーッと駆けて行ってしまって……。それはそうだろう。今日で一学期は終り、明日から夏休みなのだ。誰もが、夏の計画で心がうきうきしている。

で、リカはといえば……。一人、帰り道を、ゆっくりと辿っていたのである。

明日から休みというのは、もちろん嬉《うれ》しい。でもその前にあることを考えると、リカは家にいつまでも着かなきゃいい、と思ってしまうのだった。

――暑い。太陽は道を白く輝かせて、リカの目にまぶしかった。

ゆっくり歩いていても、汗が背中を伝い落ちて行くのが分る。背中のバッグが重い。

普段に比べりゃ、教科書とか入っていないから、軽いはずだけど、でも重いのだ。

通信簿。――それが、リカの心に重くのしかかっているのだった。

精一杯、リカだって頑張《がんば》ったんだ。十歳の小学校四年生としては、決して遊び過ぎている方じゃない、と思っている。

でも、リカは何をやってものろい。鈍いというのか、とろい、というのか――。先生だって、平気でリカのことを、

「お前はとろいからな」

と、からかったりする。

リカは、いつもそんなとき、へへ、と笑って見せたりするので、先生はリカが大して気にしてないと思ってるけど、でも本当は……。

リカは、暑さをさける、という名目《めいもく》で（自分に名目なんて必要ないけど）、途中の小さな公園に入って、木かげのベンチに腰をおろした。

バッグをおろし、中からこわごわ通信簿をとり出してみる。――何回見たって、点が良くなってるわけはないんだ。

分ってはいるけど……。

帰れば、もちろん見せなけりゃならない。パパもママも、ジロッといやな目でリカを見るだろう。そして言うんだ。

「どうして、こんなに悪い点なの？」

一生懸命やってるんだよ。でも、これしかできないの……。

「パパはな、どんなに悪くても、〈3〉より下の点はとったことがないぞ。〈4〉か〈5〉が、いくつもあったもんだ。それなのに、何だ、お前の点は！」

パパは、酔っていると、リカのことをぶったりする。

ぶたれるのは痛いけど、でもリカは内心少しホッとする。パパにぶたれると、ママがリカをかばって、

「あなた、ぶたなくたって……。リカも、この次から頑張るわよね？」

と、言ってくれるからだ。

リカは、「うん」と答えるが、それでいい点がとれたことはない。

でも——ともかく、これを持って帰らないわけにはいかないんだから……。

リカは、人生の苦労のすべてを一身に負っている、とでもいうようなため息をついた。するると、

「どうしたの?」

リカはびっくりした。目の前に、白いセーラー服の女の子が立っていたのである。

女の子といっても、高校生らしいから、もちろんリカよりずっと年上。丸顔の、やさしい笑顔だった。

リカが何も言えずにいると、

「今日が終業式か」

と、その女の子が言った。

ウン、とリカが肯《うなず》く。

「で、その通信簿を持って帰るのが、いやだな、って思ってるわけね」

リカは、少しためらってから肯いた。

「見せて」

言われるままに、何となく渡してしまった通信簿を、そのセーラー服の女の子は、しばら

く眺《なが》めていたが……。リカへ返して、

「確かに、あんまりいい点じゃないわね」

と、言った。「お母さん、怒るの?」

「——パパも。ぶったりする」

と、リカは言った。

「へえ」

と、その女の子は、少し腹を立てたようで、「ひどいね。ぶったりしても、何もいいことないのにね」

「俺《おれ》はもっといい点をとってたぞ、って言って、ぶつの」

「ふーん」

セーラー服の女の子は肯いて、少し考えていたが、「——ねえ」

と、言った。

「うん」

「帰っても叱《しか》られないようにしてあげようか?」

リカは面食《めんく》らった。

「できるの、そんなこと?」

「私に任せる? それなら、叱られないようにしてあげる」

リカは、ポカンとしていたが……。

「フニャ」

と、ホームズが欠伸《あくび》をした。

「アーオ」

と、飼主である片山《かたやま》の方も真似《まね》をした。

いや、別に真似をしたわけではないが、出てしまったものは引っ込められない。

「腹が減ったな」

と、片山は畳に引っくり返って、「おい、ホームズ。何か食いもん、買って来いよ」

この誇り高き三毛猫に、そんなことを言っても、まともに返事するわけがない。それに世間一般には、猫は買物に行くものと思われていない。

当然、ホームズも聞こえないふりをして、そっぽを向いたのである。

——片山は今日は非番で、本当はどこかへ出かけたかった。

警視庁捜査一課の刑事として、非番とはいえ、いつ突然呼び出しがかかるかもしれない。だったら、早々《そうそう》に出かけてしまうに越したことはないのである。

しかし、片山は「休みの日には休みたい」という、自然な欲求に素直に従っているのだった。

もう昼か。——何か買って来るかな。

片山は渋々《しぶしぶ》起き上がった。ホームズの方は、ちゃんと昼食も用意してある。妹の（もちろん片山の、である）晴美《はるみ》が用意して行ったのだ。

片山も、朝、出勤して行く妹へ、

「何か食うもん、あるか？」

と、声をかけたのだが、

「あら、何？　今日は家で食べるの？」

という、冷ややかな言葉が返って来ただけであった。

グー……。片山の腹が鳴った。

仕方ない。出かけて、近所で何か食べるか、買って来るかして来よう。

「ホームズ、お前はいらないんだろ」

「ニャー」

ホームズは、しっかり昼も食べて、座布団《ざぶとん》に丸くなって寝ている。

片山が財布の中を覗《のぞ》き込んでいると、ドタドタと聞き憶《おぼ》えのある足音が近付いて来た。

——おい、まさか……。

「片山さん！」

おなじみの、目黒《めぐろ》署の石津《いしづ》刑事の声が、ドアなど存在しないが如《ごと》き勢いで、飛び込んで来た。

ドアを開けて、片山は、

「晴美は勤めだぞ」

「分ってます。晴美さんからお電話をいただきまして」

「晴美から?」

「片山さんが、きっとお腹《なか》を空《す》かして倒れてるから、何か持ってってやってくれ、と。ここにサンドイッチとコーヒーを三人分買って来ました」

「そうか!」

片山は、珍しく石津を歓迎したい気分になったのだった……。

サンドイッチ三人分の内、二人分はもちろん石津の胃におさまったが、片山は一人分で充分《じゅうぶん》に満足した。

「しかし、お前、非番じゃないんだろ」

と、片山は、コーヒーを飲みながら言った。

「ええ。聞き込みに回ってるんです。でも、どうせ昼飯は食べなきゃいけませんし」

「わざわざ寄ったのか」

片山は苦笑した。「じゃ、もういいから、早く行けよ」

「いや、一きれでも残すと、悔いが残ります」

石津は、最後に残っていた一きれを、口へ入れた。そこへ電話が鳴る。

「晴美の奴《やつ》だな、きっと。――はい、もしもし？　――あ、課長」

「ガラッと声の調子が変ったな。悪かったな、俺《おれ》の電話で」

「あ、いえ、別に……」

「非番のところをすまんが、ちょっと手が足らんのだ。行ってくれ」

と、栗原《くりはら》捜査一課長は、ちっともすまなそうでない声で言った。

やっぱり出かけとくんだった、と片山は思ったが、もう遅い。

「分りました」

と、現場の住所をメモして、「で、事件は――」

「空巣だ」

と、栗原は言った。

「は？」

空巣なら、捜査一課の担当ではない。しかし、栗原は付け加えて言った。

「空巣が殺されたんだ。忍び込んだ家でな」

2

「すると」

と、片山は言った。「奥さんは買物に出ていて、帰ってみると、こういう状態だった、というわけですね」

「ええ……。もう、びっくりして、腰が抜けそうになって……」

まだ実際、玉木幸代《さちよ》は真っ青になっていた。

「いや、よく分りますよ」

と、片山は肯いて、「で、どうしました？」

「はあ……。ともかく玄関を上がって、ここまで来て、部屋の中が荒らされているのに仰《ぎよう》天《てん》して……。でも、何とか落ちつこうとしたんです。一一〇番しなきゃ、一一〇番しなきゃ、と口に出して二、三回言ったような気がします」

玉木幸代は、四十前後だろう。どことなく疲れた感じで、髪にも白いものが混っている。着ているものが地味なせいもあってか、老《ふ》けて見えた。

「それで、一一〇番したわけですね？」

「ええ、でも……」

と、玉木幸代は、ちょっと心臓を押えて、「かけて、『もしもし』と言ったとたん、あの……」

と、ドアの一つをさす指は震えていた。

「あのドアが開いて——男が入って来たんです。もう、びっくりして、受話器を取り落としていました。それから逃げようとしたんですけど、足がすくんで動けなくて、それから……」

一気に、まくしたてるようにしゃべると、幸代はそのドアの前の床へ目をやった。そこにはカーペットを黒く染めた血のあとがあり、人の形が白い線で描かれている。

「その——男が、バタッと倒れたんです。そこに。そして動かなくなって……。落とした受話器から、『もしもし、もしもし』って声が聞こえてました。やっと手にとったのは、しばらくしてからだったようです……」

片山は肯いた。

「その男、これまでに見たことはありませんか？」

「全然知らない男です」

と、幸代は首を振った。「一体どうなってるんでしょう？」

「それはこれから調べます。ともかく、男は背中を刃物で刺されていたんです。凶器はないので、犯人が持ち去ったと考えられます。殺された男の指紋の照合を今、急がせていますが、刑事の中にも見知ったのがいて、どうもベテランの空巣だったようです」

「はあ……」

玉木幸代はポカンとしている。

すると、「ニャー」と声がした。ホームズもついて来ていたのである。

そしてホームズの後ろから入って来たのは、小学生らしい女の子で——。

「リカ！　帰ったの？」

と、幸代が駆け寄った。

「ママ……。どうしたの？」

リカという女の子は、男の人が大勢動き回っている居間の中を、目をパチクリさせて眺めている。

「リカ、早いじゃないの、今日は」

「だって、ママ、終業式だよ」

「——そう。そうだったわね！」

幸代は、首を振って、「良かった。あんたが空巣にぶつからなくて」

「アキス？」

「泥棒がね、入ったのよ」

リカという子は、「うそ」と呟《つぶや》いたきり、目を丸くしている。

「――片山さん」

と、やって来たのは石津である。

一緒について来てしまったのだ。

「どうした？」

「二階も少しやられてますよ」

「ニャー」

ホームズが足下で鳴いて、石津はびっくりして飛び上がった。

「ワッ！　――ホームズさん、いらしたんですか……」

片山は、石津とホームズを連れて二階へ上がった。

「夫婦の寝室です」

と、石津がドアの開いた部屋の前で足を止めた。「この中が少し荒らされてます」

そう広い部屋ではなく、ツインのベッドルームになっている。壁に作りつけの棚が、引っ張り出されて、中の物が散乱している。

「なくなってる物があるかどうか、あの奥さんに見てもらわんと分らないな」

と、片山は言った。

「ニャー」

ホームズが鳴く。

「分ってるよ。この寝室で、あの棚だけが荒らされてる、っていうんだろ」

「ニャオ」

「どういうことです？」

「もし、宝石類とかを狙《ねら》うなら、あの鏡台の引出しとか、飾り棚をまず捜すだろう。あの壁の戸棚は、どっちかというと、シーツの替えとか、雑貨を入れておくところだ。あそこを真っ先に調べたってのは、少し妙じゃないか」

「なるほど。——じゃ、犯人はシーツの替えがほしかったんですかね」

と、石津は言った。

「——かもな」

片山は、肩をすくめて、「じゃ、下へ戻ろう。おいホームズ、だめだよ、ベッドの上にのっちゃ」

ホームズが、ツインベッドの一つにヒョイと飛びのっているのである。

「ニャー」

「おい……。何だ？」

片山は、近付いて行った。「何かあるのか？」

ホームズがそのベッドから下りる。片山はカバーをめくってみた。

「別に何も……。おい、ホームズ」

ホームズは、もう一方のベッドに飛びのっている。

片山は少し考えてから、二つのベッドのカバーと毛布をめくってみた。

「ニャン」

と、ホームズが鳴いた。


「へえ」

と、晴美は夕ご飯の仕度をすませて、食卓につきながら言った。「ホームズって、夫婦の機微にも通じてんだ」

「いいから早くご飯をよそってくれ。ぺこぺこなんだ」

「はいはい。意地汚ないんだから」

今夜は珍しく（？）石津がいない。何しろ聞き込みに行く途中で、片山について行ってしまったので、それを取り戻すべく、頑張って働いているのである。

「――両方のマットレスのへこみ方が全然違ってた、ってわけね」

「うん。妻のベッドは、ほとんど使ってない感じだ」

「寝室を別にしてた、ってわけか。――夫婦間に問題があったのね」

「まあ、そこまではこっちの知ったこっちゃないがね」

と、片山は食べながら言った。「この煮魚、旨《うま》いな」

「でも、妙な事件じゃない？　空巣が誰かに殺されたなんて」

こういう話になると、晴美の目はキラッと光る。

「うん……。空巣が一人でなかった、ってことかもしれないな。中で争いになって、一人がもう一方を刺す」

「空巣に入った家の中で？　不自然よ」

「俺もそう思う。しかし、他《ほか》に考えようが――」

「ニャー」

ホームズが遮《さえぎ》って鳴くと、部屋の隅に行って寝転《ねころが》った。早々《はやばや》と、夕食をすませたのである。

「考えようはある、って言ってるわ」

「そうか？　ともかく、はっきりしてるのは草刈《くさかり》って空巣の常習犯が、侵入した家の中で殺されたってことだ」

「草刈か……」

と、晴美が呟くように言った。「ねえ」

「――何だ？」

「下の居間を荒らしたのは分るわよ。でも二階の寝室を荒らしたのは？」

「どういう意味だ？」

「つまり、二階の方が本筋で、下を荒らしたのは、それを隠すためだったんじゃないか、ってこと」

やれやれ。——こいつは、わざわざ事件をややこしくして喜んでるんだからな！

「全く、ふざけてる！」

と、玉木成男《なるお》は、八つ当り気味に言った。

「あなた……。仕方ないわよ」

と、幸代が疲れたように、「人が殺されたんですもの」

「それにしたって、何時だと思ってるんだ！　手ぎわが悪すぎる」

玉木は、しかめっつらをして時計へ目をやった。「もう十時だぞ」

「犯人が見付かれば——」

「見付かるもんか。本気で捜しゃしない。殺されたといっても、空巣じゃないか」

玉木はソファに座り込んだ。「会社から戻ってみりゃ、この有様だ。晩飯も用意してないのか」

「だって、あなた……」

「寿司でもとれ。早くしろ」

「はい」

幸代は、あわてて番号の控えを捜した。

「――何だ、リカか」

玉木成男はネクタイをむしり取ると、居間の入口に立っているリカに気付いた。

「お帰りなさい」

「ああ。――お前、今日は終業式だったんだな」

リカはドキッとした。

「うん」

「通信簿は？」

「――もらって来た」

と、リカは言った。

「持って来い。今、着がえて来る」

玉木は居間を出て行った。

幸代は受話器を置くと、

「リカ、お子様寿司でいいわね」

と、訊《き》いた。

「うん」

と、肯いたが……。

リカは、喉《のど》の辺《あた》りをキュッと見えない手でつかまれたように、息苦しい思いだった。

パパは、ちゃんと憶《おぼ》えてる。――家に泥棒が入って、人殺しまであったのに、すぐ通信簿の話だ。

凄《すご》いなあ、と思いつつ、リカは、パパの不機嫌さから見て、今日も殴《なぐ》られるだろうと覚悟していた。

通信簿は、背中に回した両手に、しっかり持っていたのだ。パパが寝室で着がえて、下りて来る。そして……。

「――あなた。できるだけ早くって頼んだわ」

「うん？　何だ？」

部屋着になった玉木は、何だかぼんやりしていた。

「お寿司よ」

「ああ。――分った」

玉木がソファに座る。

リカは、思い切ってパパの方へ歩いて行くと、通信簿を出した。

「あの……」

何か言おうと思ったが、やめた。同じことだ。

玉木は、じっと通信簿を眺めていたが、やがてそれを閉じると、リカに返した。

「まあ……。次は頑張れよ」

と、大して気のない調子で言うと、幸代の方へ、「おい、空巣だの人殺しだの、縁起《えんぎ》でもない。寿司は断れ」

「え？」

「どこかへ食事に出よう。ホテルのレストランなら、遅くまでやってる。仕度しろ。リカにも、ちゃんとした格好《かっこう》をさせろよ」

「でも、もう――」

「すぐ断りゃ大丈夫だ！　リカ、何か食べたいものがあるか？　何でもいいぞ」

「うん……」

リカはポカンとして、通信簿を手に立っていた。――どうしちゃったんだろう？

怒るどころか、三人で食事に行こうなんて、今まで言ったこともないのに……。

ママはあわててお寿司屋さんへ電話して謝《あやま》っている。

そして――リカは思い出した。あのセーラー服のお姉ちゃんの言ったことを。

「帰っても、叱られないようにしてあげる」

と、あのお姉ちゃんは言ったのだ……。

3

「奥さん」

そう呼ばれたからといって、世の中には「奥さん」が沢山いるのだ。

玉木幸代が、自分のことだと思わなかったとしても仕方ない。

「玉木君の奥さんじゃありませんか」

そう言われて、やっと、

「え？」

と、幸代は振り返った。

「やっぱり。——村田《むらた》です。いつぞや遅くにお邪魔した」

夫の同僚だ、とやっと思い出した。

「まあ、どうも。——いつも主人がお世話になりまして」

デパートへ、珍しく買物に出ての帰り道だったので、幸代は両手に大きな手さげの紙袋をいくつもさげていた。

そういう状態で挨拶《あいさつ》するのは、なかなか容易ではない。アッと思ったときには、中身の包みが、飛び出してしまっていた。

「おっと！」

「あ、いけない。――すみません！」

あわててかがみ込むと、今度は別の袋から包みが転り落ちる。幸代と村田の二人で、一方で落としながら同時に拾う、という珍妙な場面を展開することになってしまった。

そして、「僕が呼び止めたせいですから、お詫《わ》びに」というので、村田が幸代を連れて行ったのは、裏通りを入った小さなそば屋であった。

「――おいしいわ」

と、幸代は感激していた。「こんなお店、よくご存知ですね」

「仕事柄、外食が多いですから」

と、村田は愛想良く言った。「そうそう。玉木君から聞きましたよ。空巣に入られたんですって？　災難でしたね」

「ええ……。どうしてうちなんかに入ったんでしょうね。大したものなんかないのに」

と、幸代は苦笑した。

「しかも、その空巣が殺されていたとか。本当ですか？」

「そうなんですの」

「そりゃ怖いなあ」

「さっぱり分りませんわ。――で、主人が、ベッドカバーとかシーツとか、気持悪いから新しいのに替えろ、って言うもんですから」

「それで、その買物ですか」

と、村田は笑った。

「そうなんです。主人、神経質なところがありますから」

幸代は、そばを食べ終えると、冷たい麦茶を飲んで息をついた。「生き返ったみたいです
わ。暑い中を持って歩いて、へとへとだったんです」

「そりゃ良かった」

村田は、楽しげに言った。「もう真っ直ぐお帰りですか?」

「ええ。どこへ寄るといっても、この荷物じゃ」

「お嬢ちゃん――リカちゃん、だったかな?　夏休みですね」

「今日は実家の母の所に泊って来ますの。本当はどこかへ連れて行くといいんですけど」

「玉木君はともかく忙しい人ですからね」

「ええ……。でも、そんなに働いてくれてるんですから、感謝しなきゃ」

少し無理をした笑顔を作る。「――あの、このお代は……」

「とんでもない。これぐらい払わせて下さいよ」

と、村田は言って、もう財布をとり出していた。

「まあ……。すみません」

幸代も、素直にごちそうになることにした。

表に出ると、また強い日射しが肌を焼くようだ。ここから電車に乗って、バスに乗りかえて……。この荷物をさげて、家に着いたときには、汗だくだろう。

でも――もちろん、帰らないわけにはいかないんだ。

「奥さん」

と、村田が言った。

「え？」

「僕の車でお宅まで送りましょう」

幸代は戸惑った。

「でも、お仕事中に――」

「なに、構《かま》やしません。どうせ営業の人間はあちこち回ってるんです。五時に帰れるわけじゃなし。大して時間はかかりませんよ。お宅はそんなに遠くないし」

遠くないとはとても言えない。村田と、そんなに親しいわけでもないのに、そこまで甘えることはできない。――そうだとも。

断らなくては、と幸代は思った。

「村田さん――」

「どうもありがとうございました」

と、幸代は村田にコーヒーを出して言った。

アイスコーヒーである。車はクーラーが入っていたが、家の中はムッとする暑さで、クーラーが効くまで、しばらくかかる。

「助かりましたわ、本当に」

「いや、僕こそ、上がり込むつもりじゃなかったんですがね」

と、村田は微笑《ほほえ》んだ。

やさしい笑顔。——夫から、こんな笑顔を見せられなくなって、もうどれくらいたつだろう？

「いや、玉木君は幸せだなあ」

と、村田が言った。「こんないい奥さんを持って」

「そうでしょうか」

幸代は、曖昧《あいまい》に笑った。

「うちなんか、冷たいもんですよ、帰っても。——ほとんど話し合いなんてありませんしね。お宅は違うでしょう？」

幸代は、

「ええ……。まあ……」

話し合い？　そんなものがこの世の中にある、ってことも、忘れかけていたわ。

「玉木君が羨《うらやま》しい。いや、お世辞《せじ》でなしに、こんなすてきな奥さんがいて」

「私が？　――ご冗談でしょ。こんなにくたびれてるのに」

と、幸代は笑った。

「魅力的ですよ、奥さんは」

幸代は、村田の視線が、絡《から》みつくように自分の体を眺め回しているのに気付いて、カッと熱くなった。

「――奥さん」

突然、村田が幸代の手をつかんだ。そして思いがけない力で、引き寄せたのだ。幸代はいつの間にか、村田の腕の中にいた。

「村田さん。――いけません」

「奥さん」

ソファの上に、幸代は押し倒されて、村田の唇を受けていた。息苦しさが、全身で受け止めている村田の重味のせいなのか、それとも自分の内からふき上げる、思いがけない欲望のせいなのか、自分でも分らなかった。

「村田さん。私――」

「黙って。奥さんはただ、じっとしてればいいんです」

そう。私はただじっとしていて……。私は悪くないんだわ。村田さんが私の服を脱がせているだけで……。

ポンポーン。ポンポーン。

何だろう、あれは？

ポンポーン。ポンポーン。――くり返し、チャイムは鳴り続けた。

玄関だ。誰かが来ている。出なければ。

私は――私は何をしてるんだろう？

「やめて！」

我に返ると同時に、幸代は力をこめて、男の体を押し戻した。「いけません！　何をなさるんですか」

「奥さん」

「帰って！　帰って下さい！」

はだけた胸を強くかき合せて、幸代は叫ぶように言った。

「――失礼しました」

村田は、こわばった表情で出て行った。

幸代は急いで服を直すと、立ち上がり、洗面所へ行った。髪の乱れを直し、玄関へと出て行く。

村田の靴がないのを見て、ホッとする。一体何ということをしようとしていたんだろう？

もし、チャイムが鳴らなかったら……。

玄関のドアを、幸代は開けた。

しかし——そこには誰も立っていなかったのである。

速達か。それとも宅配の荷物でも来たのかしら？

ポストを見たが、何も入っていない。幸代は首をかしげながら、ドアを閉めた。

誰がチャイムを鳴らしたのかはともかく、あれが幸代を正気に引き戻したのだ。

村田は確かに親切だったが、家まで送って来るというのは、やはりまともではない。それに気が付くべきだった。

幸代は汗をかいていて、まだクーラーは充分に効いていなかったのに、寒気すら覚えたのだ。


見失ったかな。

片山は少し足を早めて、角を曲ってみた。

しかし、その女の子の姿は、どこにも見えない。

「おかしいな……」

他にわき道もないのに。——どこへ行ったんだろう？

ハンカチを出して汗を拭《ぬぐ》っていると、いきなり背中に固いものが押し付けられた。

「手を上げて」

と、女の声がした。「妙な真似すると、引金を引くわよ」

片山は、素直に両手を上げた。

「どうして後を尾《つ》けてるの？　痴漢《ちかん》？」

そう訊かれて、「そうです」と答える奴《やつ》もいないだろうな、と片山は思った。

「僕は刑事だよ」

「刑事さん？　どうして刑事さんが私のこと、尾行してたわけ？」

「君が玉木幸代の後を尾けてたからだ」

少し間があって、クスクス笑う声になり、

「振り向いていいわ」

片山は手を下ろした。――少女は、人さし指を立てて、

「これ、ピストルだと思った？」

「いや、指だってことは分ってた」

と、片山は言った。

「じゃ、どうしておとなしく手を上げてたわけ？」
十七、八の、高校生くらいの娘だった。しっかりした感じの、しかし笑顔のやさしい印象

だった。

「その方が、君がしゃべりやすいだろうと思ってね」

と、片山は言った。「君、どうしてあの家のチャイムを鳴らしたんだ？」

「中で何が起ってるか、見当がついたから」

「中で？」

「あの男が、奥さんを手ごめにしかけてたのよ。邪魔してやったの」

片山は啞然《あぜん》とした。

「君は何者だ？」

「そっちから名のって」

片山は手帳を見せた。

「――ふーん。本物の刑事か。どうしてあの奥さんを尾行してるの？」

「君に教えるわけにいかないよ」

「あらそう。じゃ、私も何も言わない、っと！」

「おい、君ね――」

「逮捕する？　手錠かけて連行してもいいわよ。その代り、どんな拷問《ごうもん》にも屈しないからね」

「そんなことしないよ」

と、片山は抗議した。「——分った。ともかく、こう暑くちゃね。どこか涼しい場所で話そうじゃないか」

「じゃ、私に付合《つきあ》って」

と、少女は言った。

ともかく、片山はこの手の女の子に弱いのである。どこか晴美と似通ったところがあるせいだろう。

「分ったよ」

と、肯いていたのである。


「私、永江百合香《ながえゆりか》というの」

「永井《ながい》？」

「永江。——分る？」

「ああ、分った」

片山は肯いた。——何しろ大きな声を出さないと聞こえないのだ。

夏休みというせいもあるだろう。女の子で一杯のパスタの店。片山には、何とも居心地の悪い場所である。

「おいしいでしょ、このスパゲティ」

と、永江百合香は言った。

「うん……」

確かに、味は悪くない。しかし、のんびりスパゲティを食べてる場合じゃないのだ。

「君はどうして――」

「男の横暴が許せないの」

と、永江百合香は言った。

「何だって？」

「耳が遠いの？」

「そうじゃない。ただ……びっくりしたのさ。しかし、あそこで、村田って男が玉木幸代をその――」

「手ごめにしかけたのが、どうして分ったか、って？　当り前でしょ。不自然よ。仕事中なのに自宅まで送って来て、しかも図々《ずうずう》しく上がり込んで。下心がないわけないわ」

片山は、目をパチクリさせて、

「君は十七？　十八？」

「十七よ」

「それにしちゃ、大人びたことを言うね」

「私のことはどうでもいいわ」

と、少女は言った。「ね、例の空巣が殺された事件を調べてるんでしょ？」

「もちろんさ」

「じゃ、玉木成男の身辺《しんぺん》を洗うのね」

「あの亭主の？」

「女がいるわ。——もう何年か前からね」

片山は啞然とした。

「夫婦仲がうまく行ってないってのは察してたがね」

「あら、どうして？」

「ベッドのマットレスのへこみ方が違うんでね」

片山も少しはやり返してやりたかったのである。

「へえ！　なかなかやるじゃない」

と、永江百合香は面白がっている。「あの奥さん、幸せじゃないのよね。可哀《かわい》そうに。だから、あんな男の誘惑にもフラッとなって……。でも、大丈夫だったはずだわ」

「君はあの一家とどういう関係があるんだ？」

永江百合香は、ちょっと謎《なぞ》めいた笑みを浮かべて、

「その内、分るわ」

と、言った。

「それじゃ困る。君のことを——」

「トイレに行かせてよ。その後で、ゆっくり。ね？」

だめとも言えない。永江百合香は、バッグを椅子《いす》に残して席を立って行った。

片山はスパゲティを食べ終えて、コーヒーを頼んだ。そして、相手の戻るのを待っていたが……。

十五分、二十分たっても、永江百合香は戻らなかった。

片山は、バッグを手にとって、中を開けてみた。——ほとんど空で、入っていたのはメモ用紙が一枚。

〈ごちそうさま〉

「畜生！」

片山は、思わず呟いて、周囲の女の子たちからジロジロと見られてしまった。

「置いてかれたの？」

「そうらしいわね」

「払いだけ持たされて」

「ハハ、無理もないや」

小声で言っているつもりなのかもしれないが、片山の耳には、はっきりと、嘲《あざけ》りの声が届いたのだった……。

4

リカは、公園のベンチに腰かけていた。

もちろん、真夏で暑かったけど、ここは風がよく通って、涼しい。リカはよく一人でここに来ていることがあった。

リカは悩んでいた。——笑っちゃいけない。十歳の女の子だって、悩むことはあるのだ。たとえ、大人が聞いたら、悩みとは思えないようなことだって、少女にとっては深刻な悩みなのである。

——考え込んでいて、気が付かなかった。

見たことのない男の人が、ベンチのすぐそばに来ていた。リカが見上げると、

「やあ、何してるんだい？」

と、笑顔になって、リカの隣に腰をおろした。

「別に……」

本能的に、リカは危険を感じた。

妙な身なりをしているとか、目つきが怪しいとか、そんなことはなかった。よく、この辺を回っている「セールス」の人みたいで、この暑いのに、ちゃんとネクタイもしているし、

上衣《うわぎ》は——さすがに脱いで、腕にかけていた。

でも、それだから、リカにはこの男の人が、どこかまともでないと思えたのである。何だか、少しも暑さを感じていないようだ。

「一人なの？」

男は、リカが動けないでいる内に、腕をのばしてリカの肩を抱いた。しっかりと、押えつけるように。

どうしよう？　リカは汗が背中を伝い落ちるのを感じた。

「あの……おうちへ帰るの」

と、こわばった喉から、やっと声を押し出す。

「そんなに急がなくてもいいんだろ？」

男の息が、顔にかかって来る。リカはゾッとした。

この公園は、通りから下ったところにある。

このベンチは木のかげになっているから、通りからも見えないのだ。

誰か——誰か通らないかしら？　昼間なんだもの。一人か二人、通ってもいいのに。

でも……誰もやって来る様子はなかった。

「君……可愛《かわい》いねえ」

と、男はもう一方の手で、リカの膝《ひざ》をなでた。

リカは震えていた。大声を出したかったのに、出ないのだ。

「怖がらなくていいからね……。おじさんと楽しいことしようよ。ね？」

男の声が上《うわ》ずって来るのが感じられた。

リカは目をつぶった。――ママ！　ママ！

「ニャー」

ハッと目を開くと、そこには猫がいた。

三毛猫。――三毛猫？　どこかで見たことがあるようだ。

「猫か。うるさいな。あっち行け」

と、男は苛《いら》立《だ》っている様子で足を伸し、猫をけろうとした。

身構えたのは、ほんの何分の一秒かだった。三毛猫の体は宙を飛び、男の顔へ、まともに鋭い爪を立てたのだった。

「ワーッ！」

男は両手で顔をおおった。指の間から血が流れ出る。そして立ち上がると、よろけながら駆け出して行ってしまった……。

「ニャー」

三毛猫はベンチに座って、リカを見上げた。

思い出した。そうだった。

この猫……。あの空巣が入った日に、家にいた猫じゃないかしら。

「大丈夫？」

そう言われて、リカはびっくりした。猫が口をきいたのかと思ったのである。

しかし、もちろんそうじゃなかった。

「──変な奴がいるのよ。気を付けて」

片山晴美。──あの刑事さんの妹と知って、リカはホッとした。

あの刑事さんは、ちっとも怖そうじゃなくて、とてもいい人みたいだったからである。

「この猫はね、ホームズ、っていうのよ」

と、三毛猫の頭を軽くさすって、「とっても強いの。見たでしょ？」

「うん」

と、リカは肯いた。「凄くカッコ良かった」

「ニャー」

「賞《ほ》められて喜んでるわ」

と、晴美は言った。「何してたの、こんな所で」

リカは少し迷って、それから言った。

「考えてたの。──いつもと違うこと、って、そんなにないよね」

晴美は肯いて、

「それは真理ね。で、何が違うわけ？」

「パパが。——夏休みになると、いつもなら、宿題やったのか、塾へ行け、ってそりゃあうるさいのに……。今年は何も言わないの」

「へえ。お姉ちゃんなら、喜んじゃうけど」

リカは笑って、

「嬉しいけど……。でも、パパ、言いたいのを、がまんしてるみたいで……。何て言ったらいいのかな……。いやいやがまんしてるっていうか……」

「分るわ」

「通信簿のときもそうだったの」

「どういうこと？」

リカは、不思議な女の子が現われて、ぶたれないようにしてあげる、と言ったことを、説明した。

「ふーん」

晴美は考え込みながら、「で、本当に、パパはぶたなかったのね」

「うん、怒りもしなかった」

「そう——面白いわね」

と言ってから、「ごめんなさい。面白いなんて言って。でもね、もしかしたら、あの空巣の事件とも関係あるかもしれないわ」

「あのお姉ちゃんが？　でも、凄くいい人だったよ」

「もちろんよ」

晴美は、リカの肩にやさしく手をかけて、「さ、おうちに帰ろうか」

と、促《うなが》した。

「送ってくれる？」

「もちろんよ。その猫ちゃんとね」

リカは嬉しかったし、ちょっぴり得意でもあった。何しろ二人も、自分を家まで守って行ってくれるんだ！


チャイムを鳴らしても、しばらくは何の返事もなかった。

片山は三回、チャイムを鳴らした。ドアの奥で、鳴っているのが聞こえて来る。

留守か？　――しかし、耳を澄ましてみると、中で人の動く気配がある。

「――どなた？」

やっと、女の声がドア越しに聞こえた。

「警察の者です」

片山は、手帳を取り出して、チェーンをかけたまま細く開いたドアの隙間《すきま》から見せた。

「待って」

また少し間があって、ドアがやっと開いた。

「ごめんなさい……。寝てたの」

確かに、ネグリジェの上にガウンをはおった格好。二十七、八というところだろうか。

男好きのするタイプである。

「阿川《あがわ》さんですね」

と、片山は言った。「玉木成男さんのことで、ちょっと」

阿川洋子《ようこ》は、ちょっとため息をついたが、

「──どうぞ」

と、諦《あきら》めたように言った。

居間へ入ると、タバコの匂いがした。

「タバコ、やるんですか？」

と、片山が訊くと、阿川洋子は少しあわてた様子で、

「あの──さっき保険の人が来てて、その人が喫《す》ったの。私、やらないのよ」

「阿川洋子さんですね」

と、片山は手帳を開いて言った。

「ええ」

「玉木成男さんとは……」

「囲われてる、っていうんでしょ、こういうの」

開き直ったように、「でも、別に悪いことしてないわ」

と、口を尖《とが》らす。

「そりゃ、誰と愛し合っても構いませんけどね」

と、片山が言いかけたとき、

「ハクション！」

ドアの向うでクシャミが聞こえた。洋子が目をつぶる。

「風邪《かぜ》引きますよ。ちゃんと服を着ないと」

片山の言葉に、洋子は苦笑した。

「ご親切ね。——ねえ、出てらっしゃい」

声をかけると……。ドアが開いて、バスタオル一つ、腰に巻いた男が出て来た。

玉木ではない。

「どうも……。こんな格好で」

「服着て、帰って」

と、洋子が言うと、男はすぐに引っ込んで行った。

そして洋子は咳払《せきばら》いすると、

「玉木は、週一回しか来ませんから、つい寂しくて……。ただのセールスマンなんですよ」

と、ぎこちなく笑って見せた。「ね、玉木に言わないでくれる？　お願いよ」

「やたら、しゃべりゃしませんよ」

と、片山は言った。「玉木とこういうことになって、何年です？」

「そろそろ三年」

「このマンションの家賃は？」

「玉木が出してくれてる。生活費も。——私も気が向くと、ワープロの仕事してるの。昔やってたからね」

この家賃、生活費。いくら玉木が優秀な社員でも、ポケットマネーでまかなえるわけがない。

玉木はまだやっと四十である。月給といっても、たかが知れている。

「この間、玉木の家に空巣が入った。知ってるでしょ」

「ええ、殺されたんですって？」

「何か言ってませんでしたか、玉木は」

「何か、って？」

「空巣が何を捜してたか、どうして殺されたのか」

「いえ、何も」

と、洋子は首を振った。「ともかく、私は何も関係ないの！　本当よ！」

「そうヒステリックにならないで」

と、片山はおっとりと言った。「つまり玉木が、どうにかして、お金を都合《つごう》してるってことでしょ」

洋子はこわばった顔で、ガウンの紐《ひも》をいじりながら、

「本当に——知らないのよ。本当よ」

と、くり返している。

さっきの男が背広姿で出て来た。

「じゃ——失礼します」

と、こそこそ出て行く。

「二度と来ないでね」

と、洋子が声をかけた。

「そうはいかないでしょう」

と、片山は言った。「村田さんも、ここに座ったらどうですか」

男がギクリとして振り向いた。

「さあ」

片山に促されて、村田は渋々ソファに腰をおろした。洋子は青ざめている。

「僕は何も知りませんよ」

と、村田が言った。

「何も訊いてませんよ、まだ」

「ええ。でも……」

「ここの家賃、その他、玉木がどうやって金を作ってるのか、知ってるんでしょう」

「僕は関係ない」

と、村田は言い張った。

「しかし、知ってる？」

「知りませんよ」

「そうですか」

片山は肯いた。

「玉木にばらすのね」

と、洋子は片山をにらみつけた。「汚ないわ」

「そんな必要もないですよ。ね、村田さん。話してくれなきゃ、まずいことになる。——お分りでしょう？」

「何のことです」

「玉木幸代さんへの暴行未遂ですよ」

村田が愕然《がくぜん》とした。洋子も同様である。

もちろん、暴行未遂といっても、玉木幸代も認めないだろう。しかし、ショックで、村田はそこまで頭が回らないのだ。

「どういうことなの！　あの人の奥さんに？」

と、洋子は、つかみかかからんばかり。

「待ってくれ！　何もなかったんだ！　本当だ！」

「嘘《うそ》おっしゃい！　あんた、よくも……」

洋子が本当に村田につかみかかった。

「やめてくれ！　――おい、よせってば！」

片山は、二人がとっくみ合うのを、しばし放《ほう》っておいた。

よく女性から「襲われる」片山としては、なかなかいい気分での高見の見物だった……。

玉木成男は、玄関の鍵《かぎ》をあけて、中へ入った。

まだ午後の三時だ。電話してみたが、誰も出なかった。出かけているのだろう。

居間へ入って、欠伸をする。前日はほとんど徹夜だった。

ネクタイを外し、何か飲もうかと思っていると――。

頭上で、バタッと音がした。ギクリとして見上げる。――真上は寝室である。

誰か、いるのだ！

玉木は、そっと階段を上がって行った。

あの「空巣」の一件が思い出される。

寝室のドアが細く開いていた。中でガタゴトと音がする。

玉木は、そっとドアへ近寄って、パッと開けると。

「誰だ！」

と、声をかけた。

戸棚の前で振り向いたのは、十七、八の少女だった。

「何してる！」

「捜しもの」

と、少女は言った。

「勝手に入り込んで……。お前だな、この前もそこを――」

「ちゃんと見付けたわ。あなたの小さいころの通信簿をね」

と、少女は笑って、「子供を叱れる柄かしら？」

「何者なんだ、お前は！」

「怒鳴《どな》らないで」

と、少女は落ちつき払っている。「私、永江百合香」

「知らんな」

「永江って名に、憶えは？」

「永江……」

と、呟くように言って……玉木は、目を見開いた。「あの永江か？」

「そう。一時あなたと同棲《どうせい》してた永江小百合《さゆり》が、私の母よ」

と、少女は言った。「あなたは、母が妊娠したと分ると、逃げ出したわね」

「じゃ、お前は――」

「あなたの娘」

と、少女は言った。「でも、あなたを父とは思ってないわ。ご心配なく」

「何しに来たんだ？」

「あなたのことをね、ずっと調べてたの。母は去年、亡くなったわ。私、働きながら、学校へ行ってるのよ」

「そうか……。いや、悪いことをしたとは思ってる」

「手遅れね。――あなたのことを調べてる内に、やっぱり、あなたを調べてる人と出会ってね。それで、共同作業をしようってことになったわけ」

「何を調べてるんだ」

「これよ」

と、百合香は、ノートを見せた。

玉木の顔色が変る。

「そいつを返せ！」

「これを見ると、あなたが会社のお金を使い込んでたことが分るわね。これであなたもおしまい」

「返してくれ！　――なあ、俺を恨《うら》むのは分るが――」

「それだけじゃないわ」

と、百合香は首を振った。「ここについてる支払い額、三百万円は何？　イニシャルで〈K〉と入ってる。これは、あの空巣、草刈って男でしょう」

「馬鹿なことを――」

「あなたが草刈を雇ったのよ。そして、空巣に入ってるところへ奥さんが帰って来る。運悪く、奥さんは殺される。そういう筋書だったのね」

「とんでもない！　俺は――」

「そうすれば、自分が殺したとは思われないだろう。奥さんの保険金も、最近ふやしてあるしね」

と、百合香は言った。「ところが、とんだ計算違い。草刈の方が殺されちゃった」

玉木は、じっと娘を見つめていた。

「お前が……やったのか」

「人殺しなんて！　私は、二階で、あなたの通信簿を見付けたところだったの。すると下で人の争う声がした。下りてみると、草刈が刺されてたわ」

「じゃ、誰が――」

「私です」

と、背後で声がした。

振り向いた玉木は、唖然とした。

「幸代、お前……」

「首をしめられかけて――台所でしたから、手に包丁をつかんでました。それであの草刈の背中を……」

幸代は、ため息をついた。「でも言えなかったわ。信じられなかったの。あなたが、私のことを殺させようとするなんて」

「でも、阿川洋子って愛人もいるんですよ」

と、百合香が言った。「その女のために、金を使ってるんですもの」

「聞いたわ。村田さんが私に襲いかかったのも、あなたの頼みですってね」

「幸代……」

「草刈を殺したことは、私の罪。でも、あなたは――」

幸代は、初めて夫を真っ直ぐに見つめて言った。「リカを裏切ったのよ！」

玉木が青ざめ、力なく床に座り込む。

片山が入って来た。

「玉木さん。一緒に来ていただきますよ」

百合香が、片山にノートを渡した。

「これ、会社の人に。――私、条件として、うまくやりとげたら雇ってもらえることになってたんだけど、やっぱりやめましたって、そう伝えて」

「分った」

「自分の生き方は、自分で決めたいの。こんな父親を持ったのは、私の責任じゃないものね」

「百合香さん」

と、幸代が言った。「良かったら……ここに私やリカと住んで下さい。私も働きますから。何とかやっていけるわ」

百合香は、黙って幸代の手をとる。

その目に光るものがあった。

片山は、やっと立ち上がった玉木を促して、寝室を出たのだった……。

「当然、幸代さんは正当防衛でしょ？」

と、晴美が言った。

「そうだろう。不起訴になると思うよ」

「ニャー」

「ホームズが、良かった、って言ってるわ」

「やれやれくたびれた」

片山はアパートの畳にゴロンと横になった。

「で、百合香さんは、一緒に住むことにしたの？」

「いや、抵抗があるんだろ。何といっても、自分や母を捨てた男の家だ。しかし、リカって子が、百合香にすっかりなついてるからね」

「じゃ、抵抗できないわよ」

と、晴美は笑った。「ね、ホームズ」

晴美が、もう夕食の仕度を終えかけている。

そこへ、足音が近付いて来た。

「ニャー」

と、ホームズが頭を上げる。

「おい、来たぞ。空腹感に抵抗できない奴が」

と、片山が言ったとたん、

「晴美さん！　片山さん！　石津です！」

近所に響きわたる大声に、片山はあわてて飛び起きると、玄関のドアを開けに行ったのである……。

三毛猫ホームズのキューピッド

1

本当のところはビクビクものだった。

何しろ、いかに男の子とはいえ、十四歳の中学二年生。一人で新幹線に五、六時間も揺られて旅をするのは初めて。しかも、東京へ来るのも六年ぶりだった。

前に東京へ来たのも夏休みで、正雄《まさお》はまだ小学校低学年だ。そのときに比べれば今の正雄は背もぐんと伸びて――それでもクラスでは小さい方だった――いかにも「男の子」らしくなっていた。

「東京の暑さは特別」

と、よく父や母から聞いていた通り、新幹線のホームへ降り立った正雄は、ムッとする熱気で思わず顔をしかめた。

――どこへ行けばいいんだろう？

キョロキョロと左右を見回していると、階段をホームへ駆《か》け上って来た女の人とぶつかりそうになる。

「あ、ごめんなさい！」

と、その女性は言って、フワッとした香りを残した。

この香り……。それに今の声……。あれ、もしかして——。

正雄が振り向いてその女性を目で追うと、グリーン車の座席をホームから覗《のぞ》き込んでいる。

もちろん、ほとんどみんな降りてしまっているのだ。

その内——ふと、女性の方でも何か思い当ることがあったのかもしれない。

正雄の方を振り向いたのだ。そして、目が合うと、急いでやって来て、

「もしかして……正雄ちゃん？」

正雄は黙って肯《うなず》いた。

「わあ！　こんなに大きくなって！　分《わか》らなかったわ！」

大きな声はよく通る。その点、昔と同じである。

「私のこと、憶《おぼ》えてる？　従姉《いとこ》の佐伯秋子《さえきあきこ》」

もちろん！　忘れるわけがない。

「憶えてます。久しぶりです」

と、挨拶《あいさつ》すると、

「まあ、すっかり男っぽい声になっちゃって」

と、クスクス笑う。「声変りしたのね。いつ？」

「去年です」

「そうか。正雄君も男になったのね」

と、秋子は言った。「遅れてごめん。道が混んでてね。迷子になってるかと思った」

二人は階段の方へ歩き出した。

「でも、迷子なんて年齢《とし》じゃないものね」

と、秋子は言った。「今、中学の——二年？　そうか、この前に会ったのは……六年前？」

「うん」

「じゃ……八つか！　私も十八だったんだ」

——正雄は、そっと目の端で、二十四歳の「大人の女性」になった従姉を見ていた。

大人にはなったが、やはり秋子は秋子だった。かつて、正雄が子供なりに胸をときめかせた、「美しい従姉」だ。

「車、そっちなの」

外へ出ると、焼けつくような太陽。

「暑いわね。でも、別荘へ行けば大分《だいぶ》涼しいわよ」

と、秋子は言った。「車、ここへつけるから、少し待ってて」

「はい」

秋子が、車の間を抜けて行くのを見送って、正雄はホッと息をついた。

汗をかいているのは、暑さのせいばかりではなかった。

スポーツタイプの小型の車が、じきにやって来て停《とま》った。

秋子と並んで乗ると、車は勢い良くスタートした。

「お腹空《なかす》いてる？」

「あ……。いえ、お弁当食べたから」

「そう。じゃ、このまま別荘へ向っていいわね？　夜までには着くわ」

秋子は、車を操《あやつ》るのが楽しそうだった。

正雄は、ときどきそっと従姉の横顔に目をやった。色白な、透《す》き通《とお》るような肌は、昔のままだ。

そして——ペダルを踏む、スカートからスラリとのびたつややかな足は、昔とは比べものにならないくらい、肉付きが良くなって、正雄でさえゾクゾクするほどすてきだった……。

「——ご両親、どこへ行ってるんだっけ？」

「フランス。仕事って言ってたけど、半分遊びだと思う」

秋子は笑って、

「いいじゃないの。ご夫婦で海外へ行くなんて。うちの両親じゃ考えられないわ」

「伯父《おじ》さんと伯母《おば》さん、仲が悪いんですか」

「特別悪いってこともないけど、まあ普通あんなもんじゃない？」

佐伯弘太郎《こうたろう》は、正雄の父の兄である。もう六十で、正雄の父とは比べものにならない金持ちだ。伯母の陽子《ようこ》は、確か夫より七つ八つ年下のはず。

秋子は今、二十四歳。一人っ子で、大学院へ通っている。

「いつまで大学に行くの?」

と、正雄が訊《き》くと、秋子は思いがけずキッとなって、

「どうしてそんなこと訊くの?」

と、言い返した。

「別に……」

正雄はどぎまぎして、「何となく……。ごめんなさい」

「いいのよ。ごめんね、私こそ」

と、秋子は肩をすくめて、「年中《ねんじゅう》、父からそう言われてるもんだから」

正雄は、秋子の口調《くちょう》に、以前は決《けっ》して聞けなかったもの——疲れたような哀《かな》しさを感じていた。

中学生でも、恋する悲しさは分る。現に、正雄はこの従姉を、いつも恋していたのだから。

八つのころから、ずっと……。

「さあ、高速だ。スピード出すわよ!」

秋子が声を上げた。

正雄は、あわててシートベルトを確かめたのだった。

「もう五時か。——早いもんですねえ、月日のたつのは」

と、石津《いしづ》が言った。

ハンドルを握っているのは石津で、片山義太郎《かたやまよしたろう》は助手席。

後部席は、ゆったりと女二人——妹の晴美《はるみ》と三毛猫のホームズが占めていた。

「月日がたつのが早くて、どうして五時なんだ?」

と、片山は言った。

「いえ……。そんなこと言いましたか、僕?」

後ろで晴美がクスクス笑って、

「お兄さん! 意地悪言うもんじゃないわ。石津さんの『腹時計』が『夕ご飯だぞ!』って告げてるのよ」

「い、いえ、そんな……」

と言ったとたん、石津のお腹がグーッと鳴った。

片山は呆《あき》れて、

「お前のお腹、好きなときに鳴らせるのか」

「あと一キロで食堂ありって出てたわ。寄って行きましょ」

と、晴美が言うと、

「やった！」

石津が運転席でバウンドして、車が揺れた。

「ニャーッ！」

ホームズが後ろの座席で飛び上って、悲鳴を上げる（?）。

「おい、気を付けろよ！」

と、片山が言ったとき——。

グオーッ。凄《すご》いエンジン音と共に、小型のスポーツ車が片山たちの車をアッという間に追い抜いて行った。

三人とも呆気《あつけ》にとられていたが、

「——何だ、あの車？」

「制限速度を五十キロはオーバーしてますよ！　仕事中なら、取っ捕まえてやるんだけど」

「大方《おおかた》、苛々《いらいら》することでもあったのよ」

と、晴美は言った。「気を付けてないと、肝心《かんじん》のレストランを素通りしちゃうわよ」

「大丈夫です！」

石津は、がぜんスピードを落とし、前方をキッとにらみつけた……。

——かくて、無事に車をレストランの駐車場へ入れたが……。

「あれ？」

と、石津が車を出て、「片山さん、あの車……」

「うん、俺も気が付いた。さっき、猛スピードで追い抜いてった車だな」

「乗ってた奴《やつ》はレストランの中にいるってわけですね」

片山たちは、レストランへ入った。

とはいえ、夏休みの時期で、結構客は多く、どの客が問題の車の持主か、見当がつかない。

今は石津も食べる方にだけ注意力が向いていた。

「——あと一時間くらいね」

と、席につくと、晴美はメニューを見ながら言った。

「三日間、呼び出されずにすみゃいいけどな」

片山は警視庁捜査一課の刑事。場合によっては、「すぐ戻れ」と呼び出しがかかることも充分《じゅうぶん》あり得る。

「いやなこと言わないで。お兄さんが呼ばれるってことは、誰《だれ》かが殺されるってことでしょ」

「ニャー」

「ホームズも、『取り越し苦労だ』って言ってるわ」

「本当か？」

ともかく——オーダーをすませると、化粧室から戻る若い女性が、ホームズに目を止めた。

「あら、可愛《かわい》い」

と、かがみ込んで、「なでてもよろしいかしら?」

「いやなら本人がそう言います」

と、晴美が言った。

「面白《おもしろ》い猫! ——私も飼いたかった」

と、指先でホームズの鼻をなでる。

ホームズは、目を開いて、その女性を眺《なが》めている。

「どちらへおいでですか?」

「T高原の別荘です」

「あら、じゃ同じ。でも、広いんでしょう? 初めてなんです。知り合いの人が使ってくれと言って下さって」

「別荘は割合固まって建ってます。番号は何番ですの?」

「ええと……メモ、見ないと。——〈8805〉です」

「あら」

と、その女性は目を丸くして、「うちのすぐそばだわ。〈8809〉の佐伯です。遊びにいらして下さい」

「どうも。片山です」

「私、あの従弟《いとこ》を連れて行くところなんですの」

中学生くらいの、おとなしそうな男の子が少し恥ずかしそうに頭を下げた。

「ニャー」

ホームズが表の駐車場の方へ目をやって鳴いた。晴美は、ふと、

「失礼ですけど、お乗りになってるの、あの二列めの小型の赤い車ですか」

「ええ、そうです。よくお分りですね」

片山と石津が目を丸くしている。

「事故を起さないで下さいね」

と、晴美が微笑《ほほえ》んで、「兄と、こちらの石津さんは刑事なので、一応ご忠告を」

その女性が目を丸くした。

2

正雄は目を覚ました。

ベッドのそばの目覚し時計を見ると、夜中の一時である。

真夏だからというので、薄いタオルケット一枚で寝ていたら、寒くて目が覚めてしまった

のだ。何といっても高原で、朝は冷《ひ》える、と秋子に言われていたのだが、これほどとは思わなかった。

正雄は、もらっていた毛布を、あわてて取って来た。

そして、またベッドに入ろうとしたのだが……。

――何だろう？

低く、ヒソヒソと囁《ささや》くような声。

どこから聞こえているんだろう？

何だか気になったのは、この部屋の隣が秋子の部屋で、聞こえるとすればそこからとしか思えなかったからだ。

少し迷ってから、

「トイレに行くって言えばいいや」

と、自分を納得《なっとく》させ、そっとドアを開けて廊下に出た。

別荘といっても、この佐伯家のものは並外《なみはず》れて大きな「お屋敷」である。

正雄は、そっと隣のドアへ歩み寄ると、耳を澄ました。

確かに、秋子の話し声が聞こえてくる。でも、誰としゃべってるんだろう？

主《あるじ》の佐伯弘太郎は、仕事で来るのが遅れている。

妻の陽子とは会ったが、正雄の目には、もともと、

「お化粧《けしょう》の凄いおばさん」

という印象しかなかった。

六年ぶりに会ってみて、「さらに凄くなった」伯母さん、と印象は訂正された。

気になったのは、陽子と秋子の母娘《おやこ》の間が何だか冷ややかだったことで、それは六年前にはなかったものだった。

「——元気出して」

と、秋子の声が少し大きく聞こえた。「ね? 諦《あきら》めちゃだめよ!」

そのとき、正雄の足下《あしもと》の床板がギッときしんだ。

部屋の中でハッと息をのむ気配《けはい》が分る。

「——誰?」

秋子の鋭い声。そしてタタッと足音がして、ドアがパッと開いた。

「——正雄君か」

「ごめんなさい。何か声がしたんで——」

「しっ。いいのよ。入って」

正雄は、ためらう間もなく、秋子の部屋へ入れられてしまった。

すぐに事情は分った。——秋子が携帯電話で話をしていたのだ。

「電話、廊下でしょ。人に聞かれるから、これ、こっそり買ったの。待っててね」

まだ切れていなかったらしく、手に取って、「大丈夫、さっき話した従弟よ。――うん、話しておくわ」

秋子の声のやさしさ、小さなスタンドの明りに浮かぶ表情の柔らかさ。

正雄にも、相手が誰なのか、見当はついた。

「――ええ。それじゃ、おやすみなさい」

秋子は電話を切ると、「――よくね、お父さんが立ち聞きしようとするの。それでピリピリしちゃって」

と言った。

「立ち聞き？」

「でも、正雄君としゃべってたって、ちっともおかしくないものね。――座って」

パジャマ姿の秋子は、カーディガンをはおっていた。

「正雄君、寒くない？」

「大丈夫。――今の人、恋人？」

「まあね。同じ大学の助手で、久保《くぼ》さんっていうの。二つ年上の二十六」

「久保……」

「久保健司《けんじ》。――とてもやさしい、いい人なのよ」

その言い方は、何だか悲しそうだった。

「でもね、貧乏《びんぼう》なの」

と、秋子は笑って、「大学の助手の給料なんて、そりゃたかが知れてるもの。でも、私は好きなの。もちろん、彼の方も私のこと、愛してくれてる」

正雄は、どぎまぎして目を伏せていた。まさか、中学生の身で恋の秘密を打ち明けられるとは思ってもいなかったのだ。

「――正雄君。お願いがあるの」

と、秋子は言った。

「何？」

「あのね――」

と言いかけて、秋子は立って行ってドアを開け、廊下を覗くと、「大丈夫だわ」

と、戻って来た。

その用心の仕方に、正雄はびっくりした。

ここは秋子にとって「自分の家」だ。それなのに……。

「――おつかいを頼まれてくれない？」

と、秋子は言った。

「すみません」

玄関のドアを開けると、何だかボサッとした、垢抜《あかぬ》けない男がたっていた。

まだ若いらしいが、その割には「おじさん」くさい印象。

「何ですか？」

と、晴美は訊いた。

どうせまだ起きていたので、構《かま》やしないのである。

「実は、車が道の端の溝《みぞ》にはまっちゃって。あの――持ち上げる道具か何かありませんか」

「あら、大変ですね。ちょっと待って。――お兄さん！」

片山と石津が出て来て、事情を聞くと、

「車にジャッキが」

と、石津が言った。「じゃ、手伝いますよ」

「すみません……助かります！」

と、男は頭を下げた。

片山たちの借りた〈8805〉のすぐ近くで、車の前輪の片方が溝に落ちている。

「――そう難しくないですよ」

と、石津が言って、ジャッキを抱《かか》えてタイヤの方へかがみ込む。

「夜は冷えるわね」

と、晴美は言って、ふとその中古らしい車の中へ目をやると、誰かが中にいる。

「あの——失礼ですけど」

「はあ」

「中に人が乗ってらっしゃる?」

男はなぜかあわてた様子《ようす》で、

「え、ええ……。一人だけ」

「じゃ、ちょっとの間だから、降りていただいたら?　人一人分でも重さが違うわ」

「いや、あの……それはちょっとまずいんです」

と、男が口ごもる。

「どうして?」

「あの……ちょっと気分が悪いということで……」

出まかせの言いわけ、とすぐに分る。

「そう……」

晴美は、それ以上訊かずに、少し車から離れると、中の様子をうかがった。

女らしい。——サングラスをかけ、じっと腕を組んで、正面を向いたまま、身動きしない。

「ニャー……」

「ホームズ、いつの間に出て来たの?」

晴美は、ホームズを抱き上げた。「——あんたの目なら見えるでしょ」

「ニャー」

「あの中の女、憶えといて」

直感だったが、晴美は、この車の男と、また出会いそうな気がしていたのである。

「——助かりました！」

車は無事に溝から出られて、男はペコペコ頭を下げ、たちまち車を走らせて行ってしまった。

「——名前も言わないで。変な奴」

と、晴美は言った。

「何だか人に見られたくないって様子だったな」

みんなで別荘へ戻ると、もう夜中の二時を回っている。

「——女の方は、そう若くないみたいに見えたけど」

と、晴美は言った。「芸能人かな」

「アイドルじゃないことは確かだろう」

と、片山は笑って、「さて、寝よう」

と、大欠伸《おおあくび》をした。

「でも、あの佐伯さんって人の別荘、凄かったわね！」

「夕食に招《よ》ばれてましたね！」

石津は、思い出して急に目を輝かせている。

「まだ、これから寝るんだぞ。夕飯のことは後で考えろ」

と、片山はからかった。

――もちろん、何かとんでもないことが起るとは、誰も思っていなかったのだ……。

3

正雄が起きたのは、朝九時を回っていた。

いつもならもっと早く起きているのだが。――急いで顔を洗って階下へ下りて行くと、

「おはよう」

と、秋子が呼んだ。「食堂へ来て。みんな、今食べ始めたところ」

正雄は、そう寝坊したわけでもなさそうなのでホッとした。

「――おはようございます」

と、ダイニングルームへ入って行くと、

「おはよう。よく眠れた？」

と、伯母の佐伯陽子がにこやかに声をかける。

「はい」

と言って、「あ——。正雄です」

伯父、佐伯弘太郎は、ガウン姿で、目玉やきをパンですくって食べていた。

「ああ、久しぶりだな。大きくなったね」

と、佐伯弘太郎は言った。「もう中学生か？　早いもんだ。ゆっくりしなさい」

「はい」

「そう固くならないで。——座って。コーヒー？」

「ええ」

秋子がコーヒーを注《つ》いでくれた。

正雄は、伯父がいつ来たのかしら、と思った。

「仕事が忙しくてね」

と、佐伯は言った。「突然、東京へ戻ったり、またここへ来たりするかもしれないが、びっくりしないでくれ」

「誰もびっくりしないわ。ねえ、正雄君」

と、秋子がハムエッグを作ってくれて、皿へ移しながら、「——少しこの辺を歩くといいわ。都会の空気とは違うわよ」

「お前は毎日何をしてるんだ」

と、佐伯が秋子へ訊く。

「本を読んだり、TVを見たり」

「東京にいるのと変らんじゃないか」

「だって、出歩くと色々うるさいんだもの」

と、秋子がやり返す。

「誰も出歩くな、とは言っとらん。どこへ行くか、はっきりしてればいいんだ」

「じゃ、『今日は何本めの木の所まで』とか言うの？　高原はブラブラ歩く所よ」

「二人とも、やめなさい」

と、陽子が笑って、「顔を合せりゃこういう風。正雄ちゃんがびっくりするわよ」

陽子は笑ってごまかそうとしているが、正雄には伯父と秋子の間の張りつめた空気が感じられるようだった。

「――あなた、今夜はいるんでしょ？」

「たぶんな。何か緊急の用があれば別だ」

と、佐伯は言った。

「ご近所の方をお招びしたのよ、秋子が」

「誰だ？」

と、佐伯が険《けわ》しい表情で言った。

正雄は、ちょっと、びっくりした。

「片山さんって人。お兄さんと妹さん。それに妹さんの彼氏で石津さんって人。あと、三毛猫一匹」

「何だ、それは？」

「面白い人たちなの。特に猫がね」

「妙な友だちができるな」

と、佐伯は苦笑した。

「――正雄君、コーヒーのおかわりは？」

と、秋子が訊いた。

そう欲しいわけでもなかったのだが、一応もらうことにした。その場の空気が、そうせざるを得ない感じだったのである。

――朝食後、広間で一休みしていると、秋子が入って来た。

「正雄君……」

「分ってます。出かけますよ」

「悪いわね」

「いいですよ。僕、秋子さんの役に立てばいいんです」

正直な気持だった。

恋しているとはいっても、中学生の身で、本当に秋子と恋を語るわけにはいかない。

「じゃ、これ」

と、秋子が封筒を素早く取り出す。

「分りました」

「早くしまって!」

正雄がそれをポケットへ押し込むと、広間を佐伯が覗いた。

「秋子、ちょっとワープロを打ってくれないか」

「はい。——高いわよ!」

と、秋子が言った。

正雄は、一人で別荘を出ると、林の中の道をゆっくりと歩き出した。

道順は頭に入っていたが、初めから目的地が分って歩いているようでは、見られたときに変だと思われるだろう。

もちろん、本当に散歩しているのでもあるし、特に急ぐ必要もない。

秋子に教えられた道を辿《たど》って行くと、サラサラと水の流れる音がして、やがて道の下に河《かわ》原《ら》が広がり、その向うを川が流れていた。

これだな。——正雄は、河原へ下りて行った。

キャンプにちょうどいいのだろう。車が何台も停めてあって、そのそばにテントが張ってある。

この中のどれだろう？

車の種類と色を聞いていたので、やっと見付けて中を覗くと、誰もいない。テントもないので、どうしたものかと迷っていると、

「――何だい？」

と、声がした。

「あの――久保さんですか。僕、佐伯正雄です」

「ああ、秋子君の従弟ね」

正雄は意外だった。――見たところ、パッとしない男だ。

「僕が久保だよ。彼女から何か――」

「これを」

と、手紙を取り出して、「読んで返事下さいって、秋子さんが」

「分った。待っててくれ」

久保は、川辺の方へ歩いて行って、手紙を読んでいたが、すぐ戻って来て、

「今、返事を書くから」

と、車の中へ入った。

待つほどもなく、久保は車から出て来て、

「これ、秋子君へ渡してくれ」

と、折りたたんだ手紙を渡す。

「はい。――それじゃ」

「ありがとう」

一応礼は言ってくれたが、正雄は何となく久保のことが好きになれなかった。

河原から道へ上って、戻って行くと、

「あら、昨日の……」

と、声がして、三毛猫を連れた片山晴美――っていったっけ……。

「河原に下りてたの？」

「ええ」

正雄は、何となく晴美のことが信用できそうな気がして、

「あの……ちょっと相談したいことがあるんですけど」

と言った。

「何かしら？　歩きながら話しましょ」

と、晴美は言った……。

――正雄の話に、晴美は肯いて、

「じゃ、秋子さんは、その久保って人と、こっそり会うつもりなのね」

「そうなんです。でも、もちろんそれは秋子さんの自由だし、僕、秋子さんのためなら何で

もします。でも……」

「いいなあ。すてきね、そう言ってくれる人がいるって」

と、晴美は微笑んだ。「でも、あなたはどうも、その久保って人を好きになれない」

「ええ。でも――今、会ったばかりですから」

「偉いわね。公平に人を見ようとしてる――まあ、恋人選びくらい、はたで見てて分んないものはないわ。その内、正雄君も分るでしょう」

「はい」

「ただ、人は恋していると相手を正しく見られないのも事実。――今夜、お招きをいただいてるのよね。そのとき、秋子さんと話してみましょうか」

「でも――」

「心配しないで。正雄君から何か聞いたなんて、絶対に悟られないから」

「はい」

正雄は、少し照《て》れて笑った。

後ろから車の音がして、晴美たちがわきへよけると、小型車がガタゴト揺れながら、追い越して行く。

「――あれ、久保さんの車だ」

「え？　今のが？」

晴美は、遠ざかる車を見送った。――ゆうべ、溝に落ちたと助けを求めてきた車である。

あれが久保？　では、車にいた女は誰だったのだろう？


「これ」

正雄は、廊下で会った秋子に素早く久保からの返事を渡した。

「ありがとう」

秋子の顔がポッと赤くなる。

正雄は、そんな秋子を可愛いと思う。――でも、あの久保という男を、秋子は愛しているのだ……。

正雄が自分の部屋へ戻って、学校の宿題を広げていると、ドアを誰かがノックした。

「――はい」

「いいかね」

と、入って来たのは伯父である。

「何ですか？」

と、正雄は言った。

「ああ、勉強中か。すまんね」

「いえ、出してただけです」

「――楽《らく》にしてくれ」

佐伯は、小さな椅子《いす》に腰をかけると、「正雄君。――正直に話してほしいんだが」

「何ですか？」

「秋子のことだ」

「秋子さんが……」

「うん。あれも君が来るのを楽しみにしていた。小さいころから知っていたしね。――君も、秋子のことはよく憶えているだろ？」

「はい」

「あれは一人っ子で、僕や家内にとって、大切な子だ。分るだろ？　あれも二十四。そろそろ恋人もできていい年齢だ」

正雄は、じっと伯父の話に耳を傾けていた。

「――分るかね。あの子が、自分にふさわしくないつまらん男にひかれるのが我慢できんのだ」

と、力をこめて、「父親として、みすみす不幸になると分っているような相手と一緒《いっしょ》になるのを、許すわけにいかん！」

佐伯は、興奮したことを少々恥じるように、

「君は中学生だ。まだ分らんだろうが、男と女というのは微妙なものでね。恋をすると、欠

点も見えなくなる」

「あばたもえくぼ、っていうんでしょ」

「そうだ」

と、佐伯は笑って、「――ね、正雄君」

「はい」

「ここにいる間――僕は東京へ戻っていることの方が多い。君ね、ぜひ、秋子を見張っててくれないか」

正雄は、びっくりして返事ができなかった……。

4

「いや、面白い猫だ」

と、佐伯は上機嫌《じょうきげん》だった。

佐伯家の庭でバーベキュー。――煙が立ちこめ、肉の焼ける音がジュージューとやかましいほど。

「ご近所迷惑ね」

と、秋子が笑って、「この匂《にお》いがあちこちへ流れて行くわ」

「すっかりごちそうになって」

と、片山は息をついて、「もう入りません！」

「あら、それじゃ石津さんは？」

「満腹です！　が、入ります」

と、石津は矛盾《むじゅん》したことを言い出した。

「——図々《ずうずう》しく押しかけてすみません」

と、晴美は言った。

「いや、秋子の友人なら大歓迎ですよ」

と、佐伯は言って、自分も若い者に負けずに食べている。

「正雄君、もう食べないの？」

と、秋子が訊く。

「うん。太っちゃう」

正雄の言葉にみんな大笑いになった。

晴美は、ホームズが庭から広間へ入って行くのをチラッと見て、

「化粧室をお借りします」

と、席を立った。

広間に入って、ホームズが廊下へサッサと向うのを追いかける。

「ちょっと！　何なのよ？」

「ニャー」

ホームズが、別荘の裏手へと向う。

「ね、ホームズ――」

ホームズがジロリと振り返ってにらみ、口をつぐんでろ、という顔。

はいはい。――やかましいのよね、我が家の天才は。

すると、人の話し声が聞こえた。

「分って下さい」

女の声だ。「もうこれ以上……堪《た》えられないんです」

ここの女主人、佐伯陽子の声だ。そういえば、バーベキューの席から、いつの間にかいなくなっていた。

「奥さん……。僕だって辛《つら》いんですよ」

間を置いて、男の声。

「でも――秋子に知れたら……」

「大丈夫。隠しておけば、分るはずがありませんよ」

「そうでしょうか」

「心配ばかりしていても――。時間だ。僕は戻ります」

「久保さん――」

晴美はびっくりした。――聞いた声だと思った！

久保が佐伯の妻と会っている？

晴美は、ホームズと一緒に急いで広間へ戻った。息が切れそうになるのをこらえてソファに座ると、

「――あら、一休みですの？」

陽子が明るい声で、「もっと召し上って。お腹が苦しかったら、お泊りになっても……」

「いえ、すぐ近くの別荘にいるんですから、そんなわけにも……」

「晴美さん――でしたわね」

と、陽子はソファに浅くかけると、「お兄様は刑事さんでいらっしゃるの」

「ええ、一応。石津さんもです」

「そうですか……」

「あの――何か？」

「いえ、とてもそんな風に見えないなと思って……。ごめんなさい」

と、陽子は言って、いそいそと庭へ戻って行った。

晴美たちが庭に戻ると、さすがに石津も、

「もう入りませんＬ！」

と、ため息をついている。

「もうちょっと違うことでため息をつけ」

と、片山は言った。


「――まさか」

と、片山が言った。「久保って、二十代だろ？」

「二十六とか」

「あの奥さん、五十過ぎだぞ」

「恋に年齢はないわ」

「いくらそう言っても……」

――片山たちは、自分たちの別荘へ戻って休んでいた。

文字通り、休んでいたのである。とてもそのままではお腹が苦しくて眠れそうもなかったのである。

「秋子さんは何も知らないようよ」

「そりゃそうだろ。――しかし、いつ二人が会うんだ？」

「今夜でしょ」

「今夜？」

「いくら口うるさい父親でも、あれだけ食べて、ワインを飲んで。ぐっすり眠るわよ」

「そうか。——そういえば、あの娘はあんまり食べてなかったな」

「よく気が付いたわね」

「ニャー」

と、ホームズもほめてくれている。

「ダイエットしてるのかと思った。人にすすめて、肉を焼いたりしてたが、自分じゃ食べてなかった」

「よくそんなことができますね。人間業《にんげんわざ》じゃない！」

と、石津は感心している。

「何もなきゃいいけどね……」

と、晴美は言った。

「やめてくれ！」

と、片山は呻《うめ》いた。

結局、片山の願いは虚《むな》しかったのだが。

ドアを激しく叩《たた》く音で片山たちが起されたのは、明け方だった。

「——おお寒い」

と、晴美は、パジャマの上にカーディガンをはおり、首をすぼめつつ玄関へ出て行った。

「どなた？」

「佐伯正雄です！」

と、緊張した声。

晴美は、何か起ったたな、と思った。

ドアを開けると、寒気《かんき》が入って来て、青ざめた正雄が、

「すぐ来て下さい」

と言った。

「どうしたの？」

「あの河原にあった車の中で、久保さんが殺されたんです」

正雄の落ちつきは立派なものだった。

「すぐ行くわ。待ってて」

と、晴美は言うと、急いで二階へ上りつつ、「お兄さん！　石津さん！　起きて、殺人よ！」

と、叫《さけ》んだ。

ゴソゴソと音がして、ドアが開き、石津が顔を出して、

「もう朝食ですか？」

と訊いた……。

河原は、まだ霧《きり》が流れて、うっすらとぼやけて見えた。

片山たちは、車を上の道へ停めて、歩いて河原へ下りた。

車は、川の方へ鼻を向けて停っている。

「――まだ警察には？」

と、片山が訊いた。「じゃ、すぐ知らせなきゃ」

「はい」

「待って」

晴美は車の中を覗いた。「ロックしてあるわ」

「窓ガラスを割るか。本当に死んでるか確かめないと」

「僕がやります」

石津が河原の石を拾って、窓ガラスを割ろうとしたとき、

「待って。キーがあります」

と、声がした。

「秋子さん……」

晴美は振り向いて、「今、ここへ？」

「知らせてきました、警察に」

と、秋子は言った。「開けます?」

ドアが開くと、後部座席で久保が倒れていた。頭を殴《なぐ》られたのか、血が飛び散っている。

「床に石が」

と、晴美は言った。「河原の石の大きめのね」

「触《さわ》らないようにな」

と、片山は言った。「死んでるか?」

見ただけで、その点は確かだった。

久保は頭を割られて、もう完全に息絶えていたのだ。

「ええ」

答えたのは秋子で、「死んでいます。私が確かめたんですもの」

「確かめたって……。いつ?」

と、片山は訊いた。

「殺したときに、です」

と、秋子は言った。「私がその石を拾って、この人を殺したんです」

片山たちは顔を見合せた。

ホームズは一人、秋子の言葉を気にする様子もなく、車の中を覗き込んでいた……。

5

「お手数をかけて……」

と、陽子が頭を下げる。

「いえ、とんでもない」

晴美は首を振って、「何かお役に立てればと思いますわ」

——地元の警察の仕事に、片山たちもあまり口を出すわけにいかない。

佐伯の別荘の広間は、秋子一人が欠けただけで、ガランと広々として見えた。

佐伯弘太郎は、じっと座って額《ひたい》にしわを寄せている。

「——どうも」

と、広間へ秋子が入って来た。

「秋子……」

と、母親が立ち上る。

「警視庁の片山さんですか」

と、中年の、ずんぐりした男が声をかけてきた。

「片山です」

ました」

「県警の林《はやし》といいます」

と、その男は言った。「上司から、ぜひそちらのご意見をうかがってくるようにと言われまして」

「は……」

栗原《くりはら》警視が何か言ったのだろう。しかし、片山としてもやりにくいところだ。

「じゃ、私が代りまして」

と、晴美が言った。「警視庁捜査一課の顧問、片山晴美です」

「どうも……」

「それと、同じくホームズです」

「ニャー」

林という刑事は、ただ目を丸くするばかりだった。

「――当人の自白があっても、犯人とは限りません」

と、晴美は言った。「秋子さん、久保を殺したときの格好《かっこう》は?」

秋子はソファにかけたまま、

「今の……この格好です」

「石も素手《すで》で?」

「はい」

「石に指紋があるかどうか、これから調べれば分りますけど、本当のことを言って下さいね」

秋子は黙ってしまった。

「それに、服も。——あの勢いで、しかも狭い車の中で久保を殴ったら、血が服に飛ぶはずです。でも、秋子さんの服は血の跡《あと》一つないわ」

「でも——」

「秋子さん、誰をかばってるの？」

「誰も」

と、秋子はきっぱり言った。「私がやったんです」

片山は、晴美を促《うなが》して広間から廊下へと出た。

「——何なの？」

「だって、分り切ってるじゃないか」

「そうね。ともかく秋子さんが自首して、でも物証からいって、無罪になる」

「起訴もできないよ、きっと」

「ニャー」

ホームズが、玄関のコート掛けの下で一声《ひとこえ》鳴いた。

「そうだ。——あの明け方の寒さだぞ。ここを出るのに、コートを着てないはずがない。手袋だって」

「そうね。どこかに血のついたコートと手袋があるはずだわ」

「それが見付かったら、逮捕されるだろうな。——しかし、どうしてこんな回りくどいことをするんだ?」

と、片山は言った。

「何かわけがあるのよ。——何か」

晴美は肯いて言うと、「どうする?」

「ともかく本当のことを話してもらうしかないだろ」

と、片山は肩をすくめた。

林を廊下へ呼んで訊くと、

「私どもも、捜しとるんですが。——今のところ発見できません」

と、ため息をつく。

片山たちが広間の中へ戻ると、秋子は静かに紅茶を飲んでいた。

「——秋子さん」

と、片山が言った。「実は、あの久保さんの車が、溝へ落ちて、僕らが手助けしたんです。おとといの晩のことです」

「そんなことがあったんですか」

「でも、そのとき、久保さんは一人じゃなかった」

「というと……」

「車の中に一人、乗っていたんです。女性が」

秋子は、じっと片山を見ていた。

「――それが何だとおっしゃるんですか」

「誰なのか、見当がつきませんか」

「さあ……」

「じゃ、なぜ久保さんを殺したんです？　何か理由があるでしょう」

秋子は目を伏せて、

「言いたくありません」

と、拒《こば》んだのである。


「片山さん」

と、ドアが開いて、佐伯陽子が顔を出した。

「奥さん、何か……」

「お話ししたいことがあります」

「どうぞ」

といっても、ここは佐伯の別荘である。小さなサロンを、片山は捜査のために使わせてもらっていた。

「実は……久保の車に乗っていた『女』というのは私です」

と、陽子は言った。

片山は、考え込んで、

「どうしてです?」

「それは……私と久保との間に、付合《つきあ》いがあって――」

「しかしですね」

と、片山は言った。「あの夜も、奥さんはここにおられたんでしょう。どうしてわざわざ久保の車で、もう一度この別荘へ来る必要があったんです?」

陽子は詰って、

「それはまあ……色々です」

「そんない い加減な!」

と、片山は嘆《なげ》いた。

「でも、ともかくその女は私だったんです」

と、陽子が言い張る。

「あの赤いネッカチーフの女がですか?」

「そうです」

片山はため息をつくと、お引き取り願った。

少しすると、ノックの音がして、正雄が入って来た。

「片山さん――」

「車の中の女は僕でした、なんて言わないでくれよ」

「えっ？」

「いや、何でもない」

と、片山は首を振って、「何か話したいことが？」

「ええ。――お昼に何か取るけど、何がいいか訊いてきてくれって言われて」

片山は唖然《あぜん》とし、ホームズが（一緒にいたのである）、

「ニャー」

と鳴いた。


日が落ちると、一気に涼しくなる。

片山は、林の中の道を、自分たちの別荘へと向っていた。

「やれやれ……。昼間は夏でも、夕方が秋で、夜は冬だな」

「ニャー」

道連れはホームズである。

片山は、コートなど着ていないので、今はやや肌寒いくらい。毛皮付き（?）のホームズが羨《うらやま》しいようなものだ。

ホームズが立ち止った。

「どうした?」

ホームズが、道の傍《かたわら》の茂みへ飛び込む。

片山も——といっても、猫より大きいので茂みのかげで何とか小さくなっているしかなかった。

足音が聞こえてきて、じっと見ていると、薄明りに、正雄の姿が見えた。

シャベルを持っている。——何をするんだろう?

片山は、ホームズと顔を見合せ、少し間を置いて、ついて行った。

正雄は、林の中の道を辿って、奥へと入って行く。片山とホームズは適当な間を置いて、後を尾《つ》けて行った。

「——前に来たことがあるんだな」

と、片山は言った。

正雄が、少しも迷う気配もなく歩いて行くからである。

正雄が足を止めて、道のわきへ入って行くと、ガサガサと音がした。

片山がそっと覗いてみると、正雄が地面を掘って、ビニールの大きな包みらしいものを取り出した。

それを持って、正雄はさらに林の奥へと入って行った。

片山は、段々寒くなってくるので、待っているのは辛かったのだが、ここまで来て、やめるわけにもいかず、身をひそめていた。

辺りがどんどん暗くなってくる。片山は明りを持っていないので、帰れるかしらと心配になったが、どうやら正雄はちゃんと明りを持参しているらしい。林の奥の暗がりから、明りが洩《も》れてきた。

そのとき、ホームズがふっと身構えた。

「どうした？」

小声で訊くと、ホームズが頭を低くし、そっと忍び足で進んで行く。

片山もそのときになって、初めて誰かが林の中を、奥の明りの方へ近付いて行くのに気付いた。

首を伸して見ると、正雄がハアハア息を切らしている。いくら男の子でも、中学生だ。

地面を掘って何か埋めようというのは、大変な重労働である。

その人影は、正雄に近付くと、何か石でも拾って投げたのだろう、パッと明りが消えた。

「アッ！」

と、正雄が叫ぶのと、ザザッと茂みが揺れるのと同時だった。

ホームズの姿が、白い影になって、飛び出して行った。

バタバタと何かが倒れたりする音がして、足音があわてたように林の中を駆け抜けて行く。

「ホームズ！」

片山は、暗い中、手探《てさぐ》りに近い状態で、「正雄君！　大丈夫か！」

と、呼んだ。

「あ……。はい！」

正雄が、立ち上って、「片山さんですか」

「うん。明りは？」

「大丈夫。倒れただけです」

正雄は、大きなライトを起こして、「掘るだけ損しちゃった」

「何を埋めてたんだ？」

正雄は、照れたように、

「あの……コートです、秋子さんの」

「君ね、隠したりすると、却《かえ》ってまずいことになるんだよ」

「はい。でも……」

「騎士道精神は他のことで発揮してくれ」

と、片山は言った。「それで、コートは？」

「このビニールに……」

と、明りを当てると、ビニール袋は大きく破れて、中は空《から》になっていた。

片山はホームズを見た。

ホームズの目が、子供をたしなめる大人のもののように、正雄を見ている。

「じゃ、戻ろう」

と、片山は、正雄の肩を叩いて言った。


「片山さん――」

秋子がびっくりしたようにドアを大きく開けて、「正雄君も、どうしたの？　そんなに土で汚れて」

「ともかく手を洗っておいで」

と、片山は正雄に言った。

「片山さん――」

「秋子さん。座って下さい」

片山は、ホームズがソファへヒラリと飛び乗って丸くなるのを見て、「――正雄君は、あなたのコートを埋めようとしていたそうです」

「まあ！そんなこと……」

「しかし、それを誰かがとって行った。いや、とって行ったと思わせたんです」

「というと？」

「僕が後を尾けることを、ちゃんと正雄君は計算に入れて、後からここを出た。おかしいでしょう？　刑事に見られたくないのに、わざわざ刑事のすぐ後から出ますか？」

秋子は黙って聞いていた。

「正雄君は、僕に何かを埋めるところを見せ、なおかつ、とられるところも見せようとした。——後は正雄君の証言を信じる他なくなりますからね」

「そうじゃない、とおっしゃるんですね」

「つまり、本当に見付けられては困るのです。それは秋子さんのものじゃないからだ」

「というと？」

「サイズが違っている。そうじゃありませんか？　あなたとお母さんは似たサイズですがね」

「違うサイズって、後は父しかいません」

と、秋子は笑った。

「そうです」

「でも……男ものなら一見して分りますわ」

「だから、それは女ものだったんです」

秋子はしばらくじっと片山を見ていた。

「久保の車の中の女。あれも時間的に考えて、お父さんだったと考えるのが自然です。そうでしょう?」

「それは……」

秋子は、口ごもった。

「もういい」

と、声がした。

ガウン姿の佐伯弘太郎が立っていた。手の甲にキズテープを貼《は》っている。

「枝で引っかいてしまいましたよ」

と、佐伯は言った。

「お父さん――」

「隠しておいても、いつかは知れる」

「佐伯さん。久保は、あなたの女装癖《じよそうへき》を知っていた。そうですね」

佐伯は肯いて、

「知っていたどころか、私自身が買《か》い揃《そろ》えることのできない衣裳などを、彼が揃えてくれたのです」

「でも、それを種《たね》に、いつも父からこづかいをせしめていたんです。——ひどい人！」

「秋子さんは知らなかったんですね」

「知っていたら、恋なんかしません」

秋子は両手で顔を覆《おお》った。

「分ります。お父さんが反対していたのも、久保のことを知っていたからですね」

「そうです」

と、佐伯は肯いて、「何とかして、秋子だけは守りたかった」

「だから殺したんですか」

「他に方法が？」

と、佐伯は肩をすくめて、「私は、秋子が救われればいい。当然でしょう」

正雄が、戸口の所に立っていた。

「正雄君、ごめんね。とんでもないものを見せちゃって」

と、秋子は言った。「正雄君に、おつかいを頼んだんです。久保あての手紙を。そして返事をもらって来てくれたんですが、それが——」

秋子が苦笑して、

「予《あらかじ》め書いてあったらしくて、それは父あての手紙だったんです」

「僕が気が付かなくて……」

「正雄君のせいじゃないのよ！　当然よ。でも、それを読んで、初めて父のことを知ったんです。ショックで……。それで、久保と話し合おうとして河原へ……」

「そのときは、もう私が殺した後だった」

と、佐伯は言った。

片山は立ち上って、

「よく分りました」

「連行するかね」

「僕の担当ではないので」

と、片山は言って、「ちょっと失礼！」

と、素早く佐伯の手のテープをピリッとはがした。

「君――」

「何の傷もないところにキズテープですか」

佐伯は、片山を見て、

「目をつぶってくれ。私が悪いんだ」

と言った。

「正直に話すべきです。相手のことがよく理解されれば、大した罪にならないと思いますよ。殺人ですから、何もないというわけにはいきませんが」

「しかし……」

「あなた、もういいのよ」

陽子が入って来た。「片山さんには分ってらっしゃるんですもの」

「私のことをマスコミにばらすと言って、久保は家内から別に金を巻き上げていた。家内は追い詰められていたんだ」

「よく分ります」

と、片山は肯いた。「ご自分で、警察へ行って下さい。その手の傷は、ちゃんと消毒した方がいいですよ」

「ありがとう」

陽子はフッと笑みを浮かべた。スッキリした、爽《さわ》やかな笑みだった。


「あら、おはよう」

晴美が朝の冷たい空気を吸い込んでいると、正雄がやって来た。

「おはようございます」

「秋子さんは?」

「ええ、います。伯父さんは伯母さんについて行ってるけど」

正雄は、白い封筒を出して、「これ、招待状です」

「うちへ？」

「今夜の夕食に、って」

「まあ大変。材料を持って行かないと」

と、晴美は笑って、「郵便配達ね。ご苦労様」

「何か届けるものないですか？　片道じゃ物足りなくて」

正雄の言葉に、晴美は思わず笑ってしまった。

朝の日射しの中で、笑い声も霧になって流れて行くようだった……。

解説

山前《やままえ》　譲《ゆずる》
（推理小説研究家）

日本テレビ系で二〇一二年四月十四日からスタートした『三毛猫ホームズの推理』は、〈三毛猫ホームズ〉シリーズの映像化としては初の連続ドラマ、そして主演が人気グループ「嵐」のメンバーである相葉雅紀《あいばまさき》さんとあって、大きな話題を呼びました。

もちろん相葉さんが演じたのは警視庁捜査一課の片山義太郎《かたやまよしたろう》でしたが、自分には犯罪捜査は向かないと悩み、辞表もすでに提出しているダメダメ刑事ぶりは、原作のイメージにピッタリではなかったでしょうか。そして、家族や三毛猫ホームズの力を借りて、いくつもの難事件を解決していくなかで、刑事という仕事の意義と大切さに目覚めていく姿には、回を追うにつれ引き込まれていきました。

加えて、なんといっても可愛《かわい》かったのが、三毛猫ホームズを演じたシュシュちゃん！　いや可愛いだけではありません。掛け値なしの名演技でした。ＣＧなどは使わなかったとのことですが、どうしてあんな繊細な演技ができるのか、まったくもって不思議でした。

小説で活躍中の我らが三毛猫ホームズも、きっと大満足だったはずです。もっとも、テレビドラマならではと言っていいのでしょうが、三毛猫ホームズに関する大胆な設定には、視聴者同様、ホームズもかなり驚いたに違いありません。

その三毛猫ホームズの活躍ぶりを、四季を追って紹介しようという短編集がスタートしました。テレビドラマ化に先だって四月に刊行された長編『三毛猫ホームズの夢紀行』がシリーズ四十八作目で、短編はすでに七十作ほどを数えるまでになっていますが、そのなかから季節感たっぷりの作品がセレクトされているのです。

本書は、「三毛猫ホームズのバカンス」、「三毛猫ホームズの幽霊城主」、「三毛猫ホームズの通信簿」、そして「三毛猫ホームズのキューピッド」の四作を収録しての、夏の事件簿となっています。

夏といえばやっぱり……夏休み！　「三毛猫ホームズのバカンス」では、真夏の太陽がまぶしいプールサイドで、義太郎がのんびりと寛《くつろ》いでいます。いや、もちろん義太郎だけではなく、晴美《はるみ》とホームズ、そして石津《いしづ》と、いつもの面々も一緒でした。晴美の水着姿はちょっと珍しい？　やはり夏の休暇はこうでなくてはいけません。ただ、二年前にそのホテルで起こった自殺騒ぎが、義太郎らの休暇に波紋をもたらします。

義太郎らが滞在したホテルはけっこう高級そうです。しかし、どこにあるホテルなのか詳しい情報はありません。国内の南のほうであるのは間違いないでしょうが……ですから、片山家ご一行が泊ったホテルで、彼らと同じようにバカンスを楽しむことは、残念ながらできないのです。そして義太郎たちも、こんな優雅な夏のバカンスは、その後、楽しむ機会がありません。

長編には、『三毛猫ホームズの騎士道』から『三毛猫ホームズの登山列車』にかけてのヨーロッパ旅行や、『三毛猫ホームズの黄昏《たそがれ》ホテル』でのリゾート・ホテルと、豪華な休暇が確かにあります。しかし、真夏ではありませんでした。オプションで死体が付いてきたとはいえ、「三毛猫ホームズのバカンス」は今となってはじつに貴重な休暇だったようです。

「三毛猫ホームズの幽霊城主」は初夏の事件で、やはり三毛猫ホームズたちは自宅のある東京を離れています。ある劇団のスポンサーに招待されて訪れたのは、小高い丘の頂《いただき》に建てられた中世ヨーロッパ風のお城でした。そこに嵐が訪れ、電話も使えなくなって……ミステリーには絶好（!?）のシチュエーションでしょう。

いわゆる「孤立した山荘」のパターンです。数多くの作品がこのパターンで書かれてきましたが、三毛猫ホームズのシリーズではなんといっても『三毛猫ホームズの騎士道』でしょう。こちらはヨーロッパにある本物の古城での事件で、怪《あや》しい雰囲気《ふんいき》がたっぷり！　冒頭で紹介した連続ドラマでも原作となっていましたが、舞台はさすがに日本に建てられたヨーロッパ風のお城に移されていました。

ちなみに、「三毛猫ホームズの幽霊城主」ではなんと、晴美が役者として舞台に立っています。一方、ホームズも『三毛猫ホームズの正誤表』で演出家の目に留って抜擢《ばってき》され、舞台に立った、いや座ったことがありました。晴美とホームズのどちらに役者の才能があったのか……それは言わぬが花、でしょうか。

夏休みを一番楽しみにしているのが学生、それも小学生や中学生であるのは疑いようもありません。宿題があるとはいえ、そして塾通いが待っているかもしれないとはいえ、とりあえず勉強から解放されるのです。わくわくしてしまうのは当然でしょう。長い夏休みを楽しめるのは学生のときだけです。

ただ、その前に、一学期の成績が伝えられます。「三毛猫ホームズの通信簿」の女の子も、その成績に小さな心を痛めるのでした。明日から休みというその日、自宅へ向かう小学四年生のリカの足取りは重いのです。成績が悪かったからでした。

パパは酔ったりすると、リカをぶったりします。こんな成績ではきっと……夏の太陽がとりわけまぶしく感じられるのです。と、そこに現われたセーラー服のおねえちゃんが、「帰っても叱《しか》られないようにしてあげようか?」と声をかけてくれました。いったいどうやって?

最近は前後期制の学校も多くなりましたが、通信簿なんかなければいいのに、と夏休み直前に思ったことのある人は多いのではないでしょうか。成績表なんてものにはまったく縁のない三毛猫ホームズが、本当に羨《うらや》ましい限りです。

『三毛猫ホームズの恐怖館』や『三毛猫ホームズの四捨五入』では高校、『三毛猫ホームズの推理』や『三毛猫ホームズの犯罪学講座』、あるいは『三毛猫ホームズの傾向と対策』などでは大学と、人間の学生生活を垣間《かいま》見る機会がこれまで何度もあったホームズですが、さて、どんな感想をもったでしょうか。

「三毛猫ホームズのキューピッド」の正雄《まさお》は十四歳の中学二年生、夏休みに一人で東京へ向かっています。東京駅で待っていてくれたのは、十歳年上の従姉《いとこ》でした。六年ぶりに会ったのですが、相変わらずすてきで、小さいときから抱《いだ》いていた恋心は、ますます募《つの》るのでした。そして向かった高原の別荘地で……。

その別荘地に、お馴染《なじ》みの面々も自動車で向かっていました。ハンドルを握っているのは石津です。ただ、わずか三日間というつかの間の休暇にも、事件が付いてくるのはいつものことでした。明け方にはけっこう寒くなる高原ですが、別荘の庭でバーベキューを楽しむシーンは、夏休みならではでしょう。

『三毛猫ホームズの四季』と題された長編もあるように、季節は大きく四つに分かれます。本書は夏の事件簿ですが、秋、冬、そして春と、さらに難事件が三毛猫ホームズを待っています。さて、どんな名推理を？

【出典一覧】すべて光文社文庫

「三毛猫ホームズのバカンス」
　『三毛猫ホームズの運動会』（一九八七年三月）
「三毛猫ホームズの幽霊城主」
　『三毛猫ホームズと愛の花束』（一九九一年四月）
「三毛猫ホームズの通信簿」
　『三毛猫ホームズの家出』（一九九六年二月）
「三毛猫ホームズのキューピッド」
　『三毛猫ホームズの無人島』（二〇〇〇年三月）

光文社文庫

ミステリー傑作集
三《み》毛《け》猫《ねこ》ホームズの夏《なつ》
著者　赤《あか》川《がわ》次《じ》郎《ろう》

2012年7月20日　初版1刷発行
2018年9月25日　7刷発行

発行者　鈴木広和
印刷　堀内印刷
製本　ナショナル製本

発行所　株式会社　光文社
〒112-8011　東京都文京区音羽1-16-6
電話（03）5395-8149　編集部
8116　書籍販売部
8125　業務部

ISBN978-4-334-76440-1　Printed in Japan

組版　萩原印刷

赤川次郎ファン・クラブ

三毛猫ホームズと仲間たち

入会のご案内

会員特典

★会誌「三毛猫ホームズの事件簿」（年4回発行）
会誌の内容は、会員だけが読めるショートショート（肉筆原稿を掲載）、赤川先生の近況報告、先生への質問コーナーなど盛りだくさん。

★ファンの集いを開催
毎年夏、ファンの集いを開催。賞品が当たるクイズ・コーナー、サイン会など、先生と直接お話しできる数少ない機会です。

★「赤川次郎全作品リスト」
500冊を超える著作を検索できる目録を毎年5月に更新。ファン必携のリストです。

ご入会希望の方は、必ず封書で、〒、住所、氏名を明記の上、82円切手1枚を同封し、下記までお送りください。（個人情報は、規定により本来の目的以外に使用せず大切に扱わせていただきます）

〒112-8011
東京都文京区音羽1-16-6
(株)光文社　文庫編集部内
「赤川次郎F・Cに入りたい」係

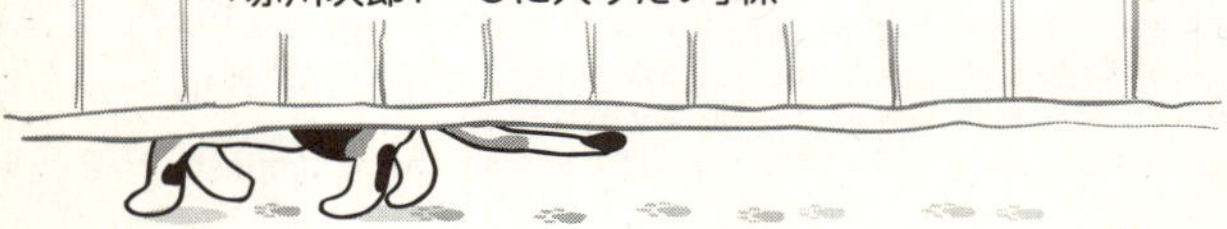